双葉文庫

はぐれ長屋の用心棒

磯次の改心

鳥羽亮

目次

この作品は双葉文庫のために書き下ろされました。

磯次の改心　はぐれ長屋の用心棒

第一章　簀巻《すま》き

一

弦月が輝いていた。清夜である。

堅川《たてかわ》の川面に映じたさざ波に月光が揺れ、青磁色の淡い焰《ほむら》のように見える。堅川沿いの通りは、人影もなくひっそりとしていた。足元から、汀《みぎわ》に寄せる波音が絶え間なく聞こえてくる。

……遅くなったわ。

おきくは胸の内でつぶやき、すこし足を速めた。

五ツ（午後八時）ごろであろうか。おきくは、両国橋の東の橋詰にある笹田屋《ささだや》というそば屋から帰るところだった。おきくは、笹田屋の小女《こおんな》をしていた。ふだんは、六ツ半（午後七時）前には店を出て、住んでいる伝兵衛店《でんべえだな》に帰るのだが、今日は客がたてこみ笹田屋を出るのが、遅くなってしまったのだ。

伝兵衛店は、本所相生町《あいおいちょう》一丁目にあった。竪川沿いに並ぶ表店《おもてだな》の間の細い路地を入り、いっとき歩けば長屋につづく路地木戸の前に出られる。

おきくは、十六歳だった。色白でふっくらした頰、花弁を思わせるようなちいさな唇をしていた。器量のいい娘である。

前方に、竪川にかかる一ツ目橋が迫ってきた。夜陰のなかに、月光に照らされた橋梁《きょうりょう》が青白く浮き上がったように見えている。

そのとき、おきくは背後から近付いてくる足音を聞いた。ヒタヒタと、足音が後を追ってくる。

おきくは、身震いした。何か恐ろしいものでも近付いてくるような気がしたのである。おきくは、恐る恐る背後を振り返った。

背後に人影があった。ふたり――。町人だった。ふたりは小袖を裾高に尻《しり》っ端折《ぱしょ》りし、手ぬぐいで頰っかむりしていた。ふたりの両脛《りょうすね》が、夜陰のなかに青白く浮き上がったように見える。

おきくは、背後のふたりから逃げるように足を速めた。

「待ちな」

背後から来るひとりが声をかけた。

「……！」

おきくの身が竦《すく》み、体が顫《ふる》えだした。立ちどまらなかったが、体の顫えで、うまく歩けなかった。

ふたりの男は小走りになり、おきくの背後に迫ってきた。

「待ちなよ！」

男の鋭い声が、おきくのすぐ後ろでした。

おきくの足がとまった。顔から血の気が引き、膝がガクガクと震えだした。立っているのもやっとである。

大柄な男が、おきくの前にまわり込んできた。頰っかむりした手ぬぐいの間から、双眸《そうぼう》がうすくひかっている。

もうひとりは、痩せた男だった。おきくのすぐ後ろに立っている。

「姐《ねえ》ちゃん、おれたちは、とって食いやァしねえよ。……それどころか、ふたりでおめえを楽しませてやろうってえんだ」

大柄な男が薄笑いを浮かべて言った。

どうやら、ふたりはおきくを手籠《てご》めにでもするつもりらしい。

「……と、通してください」

おきくは声を震わせて言い、大柄な男の脇を通り抜けようとした。

すると、大柄な男はおきくの前に立ちふさがり、

「そう、邪険にすることはあるめえ。ふたりで、楽しもうじゃァねえか」

と言って、おきくの肩をつかんだ。

「やめて！」

おきくが、大柄な男の手を振りほどいて逃げようとした。

「逃がしゃァしねえよ」

痩せた男が、後ろからおきくに身を寄せて帯をつかんだ。

おきくの顔が恐怖でひき攣《つ》り、悲鳴も上げられないほど激しく顫えだした。

「こっちへ来い！」

大柄な男が、おきくの腕をつかんで通りから川岸の方へ連れて行こうとした。

「……か、堪忍して」

おきくは必死になって大柄な男の手を振りほどこうとしたが、どうにもならない。

大柄な男がおきくの手を引っ張り、瘦せた男が後ろからおきくの背を押して、岸際におきくを連れていった。

そのときだった。橋のたもとの方から走り寄る足音がし、若い男の姿が月光のなかに浮かび上がった。茶の腰切半纏《ばんてん》に黒股引《ももひき》、左官か屋根葺《ふ》き職人といった恰好《かっこう》である。

「待ちな！」

若い男が声をかけた。

「な、なんだ、てめえ」

大柄な男が足をとめて振り返った。

瘦せた男も、振り返って踵《きびす》を返した。頰っかむりした手ぬぐいの間から若い男を睨《にら》むように見すえている。

「その娘を、どうしようってえんだ」

若い男が訊《き》いた。

「若《わけ》えの、怪我をしたくなかったら引っ込んでな」

大柄な男が恫喝《どうかつ》するように言った。

「若い娘を、手籠めにでもしようってえ魂胆かい。……けちな野郎だ」

「な、なに！……てめえ、生かしちゃァおかねえぞ」

大柄な男は怒気に声を震わせて言うと、摑《つか》んでいたおきくの手を離し、右手を懐につっ込んだ。

おきくは、よろめきながら若い男の後ろへ逃げた。

大柄な男は、懐から匕首《あいくち》を取り出した。これを見た痩せた男も匕首を手にし、切っ先を若い男にむけた。

ふたりの手にした匕首が、月光を反射《はね》て青白くひかっている。

「娘さん、怪我しちゃァいけねえ。後ろに下がっててくんな」

そう言うと、若い男は素手のまま身構えた。

両手を前に出し、すこし腰を沈めて両足を前後させた。昂《たかぶ》った様子はなかった。落ち着いている。

「やろう！」

叫びざま、大柄な男が匕首を前に構えて、いきなり突っ込んできた。

瞬間、若い男は右手に体《たい》をひらいて、左足で蹴り上げた。俊敏な動きである。

蹴りが、大柄な男の腹にはいった。次の瞬間、大柄な男はグッ！　と喉のつまったような呻《うめ》き声を上げ、たたらを踏むようによろめいた。若い男の蹴りが、鳩尾《みぞおち》にでも入ったようだ。

　これを見た痩せた男が、

「これでも、食らえ！」

　叫びざま踏み込み、手にした匕首を横に払った。

　刹那《せつな》、若い男は後ろに跳んで匕首の切っ先をかわし、手刀で痩せた男の手首をたたいた。町人とは思えない体捌《たいさば》きである。もっとも、痩せた男の腰が引けていたので、匕首の切っ先は若い男までとどかなかっただろう。

　痩せた男は匕首を取り落とし、慌てて後ろへ逃げた。

「まだ、やるかい」

　若い男が言った。

「お、覚えてやがれ！」

　大柄な男が捨て台詞《ぜりふ》を残して駆けだした。

　すると、痩せた男も大柄な男を追って逃げだした。

　ふたりの男の姿が、夜陰のなかに遠ざかると、

「怪我はねえかい」

　若い男が、おきくのそばに歩を寄せて訊いた。

「は、はい……」

おきくは、若い男に目をやった。

二十歳前後であろうか。面長で切れ長の目、鼻筋の通った端整な顔立ちをしていた。なかなかの男前である。

「家はどこだい」

若い男が訊いた。

「こ、この先の、伝兵衛店です」

おきくは、ドキドキしながら言った。

「あいつら、戻ってくるかもしれねえ。長屋の前まで、送ってやるぜ」

そう言うと、若い男は勝手に歩きだした。

おきくは慌てて若い男の後ろにつき、胸の動悸《どうき》を押さえながら、

「あ、あたし、おきくです。……お名前は？」

と、小声で訊いた。

「磯次《いそじ》だよ」

若い男は、振り返りもせずに言った。

二

……アアアッ！

華町源九郎《はなまちげんくろう》は夜具から身を起こすと、大口をあけて欠伸《あくび》をした。

髷《まげ》は横にまがり、白髪混じりの鬢《びん》は乱れている。月代《さかやき》と無精髭が伸び、小袖はよれよれである。

昨夜、源九郎は同じ長屋に住む菅井紋太夫《すがいもんだゆう》と酒を飲み、着替えるのが面倒なので夜具だけ出し、小袖のまま寝てしまったのだ。

五ツ（午前八時）ごろであろうか。腰高障子が朝陽にかがやき、破れ目から陽が射し込んでいた。長屋のあちこちから、障子をあけしめする音や子供の泣き声、母親の子供を叱る声などが聞こえてきた。

源九郎はめくれ上がった小袖の裾を下ろし、

「顔でも洗ってくるか」

とつぶやき、座敷の隅に放り出してあった手ぬぐいを肩にひっかけた。

源九郎は、還暦にちかい老齢だった。おまけに、長屋の独り暮らしである。小袖の肩口には継ぎ当てがあり、襟元は垢《あか》で黒びかりしていた。小袖の乱れた裾の間から、薄汚れた褌《ふんどし》が覗《のぞ》いている。なんともうらぶれた恰好である。

丸顔ですこし垂れ目、茫洋《ぼうよう》としてしまりのない顔付きだが、何となく憎めない雰囲気を持っていた。

それに、体は貧弱ではなかった。背丈は五尺七寸ほどあり、手足は太く腰はどっしりとしていた。剣術の稽古で鍛えた体である。

源九郎は少年のころから南八丁堀大富町《おおとみちょう》の蜊河岸《あさりがし》にあった鏡新明智流《きょうしんめいちりゅう》の桃井春蔵《もものいしゅんぞう》の士学館《しがくかん》に通い、二十歳のころには士学館の俊英と謳《うた》われるほどになった。だが、父が病で倒れて家を継いだこともあり、剣で身を立てることはあきらめた。

華町家は五十石の御家人だったが、源九郎が五十代半ばのころ、倅の俊之介《しゅんのすけ》に家督をゆずって家を出たのだ。

ちょうどそのころ妻が病死し、狭い家のなかで倅夫婦に気兼ねしながら暮らすのが嫌で、長屋で気儘《きまま》な独り暮らしを始めたのである。

源九郎は手ぬぐいを肩にひっかけ、小桶を手にして外に出た。

井戸端に、長屋の女房たちが集まっていた。お熊《くま》、おまつ、お島《しま》の三人である。亭主を仕事に送り出した後、水汲みにでも来ておしゃべりを始めたにちがいない。女房たちの脇に、菅井の姿もあった。菅井も顔を洗いに来たようだ。

源九郎が近付くと、すぐにお熊が、

「華町の旦那、知ってるかい」

と、身を寄せて訊いた。

お熊は四十代半ば、助造《すけぞう》という日傭《ひよう》取りをしている男の女房で、源九郎の斜向《はす》かいに住んでいる。樽のように太り、恥ずかしげもなく薄汚れた二布《ふたの》を太い足の間から覗かせていたりする。色気などまったくないが、心根はやさしく面倒見がいいので、長屋の住人には好かれていた。源九郎に対しても独り暮らしを気遣い、煮染や余分に炊いためしなどを持ってきてくれたりする。

「何のことだ」

いきなり、知ってるかい、と訊かれても、源九郎には何のことか分からなかった。

「磯次さんのことだよ」

お熊の脇にいたおまつが口をはさんだ。

「おきくを助けたという磯次か」

源九郎は、長屋に住む大工の日傭取り、茂作《もさく》の娘のおきくが、一ツ目橋の近くでふたりのならず者に手籠めになりそうになったとき、通りかかった磯次という若い男に助けられたという話を聞いていた。

「その磯次さんがね。長屋に住むようになったんだよ」

お熊が身を乗り出すようにして言った。

「家族もいっしょか」

源九郎が訊いた。

「磯次さんだけだよ。……磯次さんは、まだ独り者でね。両親《ふたおや》は、京橋の方にいるらしいよ」

お熊が言った。

「磯次の生業《なりわい》は？」

源九郎は釣瓶《つるべ》を取って、水を汲みながら訊いた。いつまでも、お熊たちのおしゃべりに付き合っているわけには、いかないと思ったのである。

菅井は、お熊たちの脇に立って話を聞いていた。顔は洗い終えたようだが、帰るつもりはないらしい。

「屋根葺きらしいよ」

「だれか、長屋に世話をした者がいるのか」

長屋に住むためには、請人《うけにん》が必要である。

「茂作さんが、世話を焼いたらしいよ。なんてったって、娘の恩人だからね」

お熊によると、茂作が大家の伝兵衛のところに磯次を連れていったという。

伝兵衛の家は長屋近くにある借家で、お徳《とく》という女房とふたりだけで住んでいる。

源九郎は釣瓶の水を小桶に移し、顔を洗い終えると、

「それで、どこに住んでいるのだ」

源九郎が訊いた。

「猪吉《いきち》さんが住んでいたところだよ」

お島が言った。お島は、大工の手間賃稼ぎをしている伸助《しんすけ》という男の女房である。お熊とは馬が合うのか、おしゃべりをしていることが多い。

「あいたままになっていた家だな」

半年ほど前、ぼてふりをしていた猪吉という男が女房子供を連れて引っ越した。その家があいたままになっていたので、磯次はそこに住むようになったらしい。

「どうでもいいが、また娘たちが騒ぎたてるな」

源九郎が、うんざりした顔をして言った。

女房たちの噂では、磯次はなかなかの男前ということだった。男前で独り暮らしとなれば、長屋の娘たちが放ってはおかないだろう。

「そうなんだよ、今日もね、おやえちゃんやおゆきちゃんが、磯次さんの家の前をうろうろしてたよ」

おまつが言うと、

「あたしも見たよ。今朝ね、おしげちゃんが、長屋の外まで磯次さんの後をついていったんだから」

お島が口をとがらせて言った。

おやえ、おゆき、おしげの三人は、いずれも十五、六の長屋の娘である。

「まァ、わしには、かかわりのないことだがな」

源九郎は、大きく伸びをすると、

「菅井、まだ、顔を洗ってないのか」

と、訊いた。

「いや、顔は洗い終えた。おぬしが、済むのを待っていたのだ」

そう言って、菅井が口許に薄笑いを浮かべて近寄ってきた。

三

「華町、朝めしは食ったのか」

菅井が源九郎に身を寄せて訊いた。

「まだだ」

朝めしどころか、起きたばかりである。

「今朝な、めしを炊いて握りめしを作ったのだ」

そう言って、菅井がニヤリと笑った。

菅井は五十がらみだった。総髪が肩まで伸びている。ひどく瘦せていて、肉をえぐりとったように頰がこけていた。顎がとがり、目がつり上がっている。貧乏神や死神を連想させる顔付きだが、笑うとよけい不気味に見える。

「おれの分もあるのか」

源九郎が訊いた。

「華町の分も握ってある」

菅井も独り暮らしだったが、几帳面《きちようめん》なところがあり、めしも欠かさずに自分で炊くのだ。

「それはいい」

源九郎と菅井は歩きだし、お熊たちのいる井戸端から離れた。

「華町と一局指しながら、食おうと思ってな」

菅井は、またニヤリとした。

菅井は無類の将棋好きだった。何かに事寄せては、源九郎のところに顔を出し、将棋を指したがる。ただ、腕はそれほどでもなかった。下手の横好きである。

「今日は、両国に行かないのか」

源九郎が訊いた。

菅井は、両国広小路《ひろこうじ》で居合抜きを観せて口を糊《のり》していた。大道芸だが、居合の腕は本物だった。田宮流《たみやりゅう》居合の達人である。

「もう遅いからな」

菅井がもっともらしい顔をして言った。

「そうか」

まだ、遅くない、と源九郎は思ったが、何も言わなかった。将棋はどうでもいいが、握りめしは馳走《ちそう》になりたかったのだ。

菅井は源九郎の家の近くまで来ると、

「待ってろ、すぐに行くから」

と言い残し、そそくさと自分の家にもどった。

源九郎は家に入ると、まず夜具を畳み、枕屏風《まくらびようぶ》の向こうに押しやった。そして、脱いだままになっていた袴を座敷の隅に置き、座敷のなかほどをあけた。菅井と将棋をする場をとったのである。

いっときすると、下駄《げた》の音がし、腰高障子があいて菅井が姿を見せた。飯櫃《めしびつ》と将棋盤を抱えている。

「待たせたな」

菅井は座敷に上がると、座敷のなかほどに将棋盤を置いた。飯櫃は、将棋盤の脇に置き、

「握りめしだ」

と言って、蓋《ふた》を取った。

握りめしが四つ入っていた。うすく切ったたくわんも添えてある。

「お茶があるといいんだがな」

源九郎は、まだ湯も沸かしてなかった。

「水でいい」

菅井は懐から将棋の駒の入った木箱を取り出すと、駒を摑み出して盤の上に置いた。

源九郎は腰を上げ、流し場で湯飲みに水を入れて菅井と自分の脇に置いた。水を飲みながら握りめしを食うのである。

「さァ、やるぞ」

菅井が、さっそく駒を並べ始めた。

「握りめしをもらうか」

源九郎は、飯櫃の握りめしをつかんだ。腹がへっていたのだ。

駒を並べ終え、握りめしを食いながら、半刻（一時間）ほど指したときだった。

「……菅井、磯次の話を聞いているか」

源九郎が言った。

「ああ……」

菅井は将棋盤を睨んでいる。

「ひとりで、ふたりのならず者を追い払ったそうだぞ。喧嘩慣れした男かもしれんな」

源九郎が、つぶやくような声で言った。駒を挟んだ指先が、将棋盤の上でとまっている。

「華町！」

菅井が急に大きな声を出した。

「な、なんだ」

「おまえの番だ、おまえの」

「おお、そうか」

源九郎は飛車で角をとった。しかも、王手になっている。角をとったことで、局面は源九郎にかたむいてきた。

「やはり、角をとったか。おれの読みどおりだな」

菅井は、将棋盤を睨むように見すえて言った。

「……」

源九郎は、角取りが読めていたなら、角を逃がしておけ、と思ったが、何も言わなかった。

「うむ……」

菅井は顔を赭黒《あかぐろ》く染め唸《うな》り声を上げた。いい手が浮かばないらしい。

そのときだった。戸口に走り寄る足音がし、腰高障子が勢いよくあいた。姿を見せたのは茂次《しげじ》である。

茂次も、伝兵衛長屋の住人だった。研師《とぎし》である。刀槍を研ぐ名の知れた研屋に弟子入りしたのだが、師匠と喧嘩して飛び出し、いまは長屋や裏路地をまわって、包丁、鋏《はさみ》、剃刀《かみそり》などを研いだり、鋸《のこぎり》の目立てなどをして暮らしていた。お梅《うめ》という幼馴染《おさななじ》みと所帯を持ったが、まだ子供はいない。

伝兵衛店には、茂次のようにその道から挫折した職人、大道芸人、その日暮らしの日傭取り、食い詰め牢人などのはぐれ者が多く住んでいた。それで、界隈《かいわい》では伝兵衛店でなく、はぐれ長屋とも呼ばれていた。菅井と源九郎も、そうしたはぐれ者のひとりである。

「だ、旦那、大変だ！」

茂次が土間に立って声を上げた。

「どうした」

源九郎が訊いた。

「や、弥助《やすけ》が、殺《や》られた！」

「弥助というと、長屋の者か」

はぐれ長屋に、弥助という指物師《さしものし》がいた。まだ二十歳前で、親方のところで修行している身である。

「す、簀巻《すま》きになって、竪川で揚がったんでさァ」

茂次が声をつまらせて言った。

「竪川のどこだ」

源九郎が立ち上がった。

「一ツ目橋の近くの桟橋で」

「近いな」

源九郎が部屋の隅にあった大刀を腰に差し、座敷から土間に下りようとすると、

「は、華町、将棋はどうするのだ。将棋は――」

菅井が眉《まゆ》を寄せて言った。

「将棋どころではないだろう。長屋の者が殺されたのだぞ」

弥助は簀巻きにされているようなので、殺されたとみていい。

「もうすこしで勝てたのだがな。……将棋は、またにするか」

そう言って、菅井は並べられていた将棋盤の駒を搔《か》き混ぜてしまった。

源九郎は、もうすこしで負けてたくせに、と思ったが、そんなことでやり合っているときではないと思い、土間に下りた。

源九郎と菅井は、茂次につづいて長屋の路地木戸をくぐった。

四

「あそこで！」

茂次が指差した。

見ると、竪川にかかる一ツ目橋近くの桟橋に大勢集まっていた。船頭や近所の住人らしい男が目についたが、八丁堀同心の姿もあった。八丁堀同心は羽織の裾を帯に挟む、巻羽織と呼ばれる恰好をしているので、遠くからでもそれと知れる。

「旦那、村上《むらかみ》の旦那ですぜ」

茂次が言った。

村上彦四郎《ひこしろう》は、南町奉行所の定廻り同心だった。源九郎たちは、これまでかかわった事件のおりに村上と何度も顔を合わせていたので、よく知っていた。

「孫六《まごろく》と平太《へいた》もいやすぜ」

孫六と平太は、はぐれ長屋の住人だった。源九郎たちの仲間で、いっしょに事件にあたることが多かった。

源九郎や菅井たちのことを、はぐれ長屋の用心棒と呼ぶ者がいた。これまで、長屋の者がかかわった事件をはじめ、強請《ゆす》られた商家の依頼で無頼牢人を追い払ったり、勾引《かどわか》された御家人の娘を助け出したりしてきたからである。

「長屋の者が、何人もいるではないか」

源九郎は、桟橋に集まっている者たちのなかに長屋の住人がいるのを目にした。おそらく、簀巻きにされた弥助が揚がったと聞いて駆け付けたのだろう。

源九郎たち三人は桟橋につづく短い石段を下りたが、桟橋には大勢のひとがいて前に出られなかった。

「あけてくれ！　伝兵衛長屋の者だ」

茂次が声を上げると、その場にいた男たちが振り返り、源九郎と菅井の姿を目にして左右に身を引いた。源九郎と菅井が武士だったこともあるが、ふたりのことを知っている者もいたようだ。

桟橋の前方から、女の泣き声と弥助の名を呼ぶ声が聞こえた。死んだ弥助の身内らしい。おそらく、母親のおくらであろう。

源九郎たちが人だかりの前に出ると、桟橋の先端近くに横たわっている男の姿が見えた。弥助らしい。その弥助に取り縋《すが》って、母親のおくらが泣き声を上げていた。おくらの後ろには、父親の稲吉《とうきち》がうなだれて立っていた。稲吉とおくらにとって、弥助はたったひとりの倅である。

稲吉とおくらの脇に、村上が屈んでいた。検屍《けんし》をしているらしい。村上の背後に、四、五人岡っ引きらしい男がいた。いずれもけわしい顔をして立っている。

「旦那、栄造《えいぞう》親分もいやすぜ」

茂次が言った。

栄造は村上に手札をもらっている岡っ引きで、浅草諏訪町《すわちよう》に住んでいた。長屋の孫六が栄造と懇意だったこともあって、源九郎たちは、これまで栄造とともに多くの事件にあたってきた。

源九郎たち三人が、横たわっている弥助のそばに行くと、村上が顔を上げ、

「華町の旦那かい」

と、苦笑いを浮かべて言った。

「長屋に住む弥助と聞いたが」

源九郎が、村上の肩越しに横たわっている弥助を覗き込みながら訊いた。

「そうだ。いま、両親が来て、倅の顔を見たところだ」

村上が顔の笑いを消して言った。

「簀巻きだそうだな」

すでに、弥助は簀巻きになっていなかった。死体から外したらしく、濡れた簀が桟橋の隅に置いてあった。近くに三艘の猪牙舟《ちょきぶね》が舫《もや》ってあり、川面に立つ波に揺れている。

「弥助を見せてもらっていいかな」

「かまわねえよ」

村上は立ち上がった。

源九郎と菅井は、村上の脇へ出た。弥助は仰向けに倒れていた。目を瞠《みひら》き、口をあんぐりあけたまま死んでいた。

……ひどい姿だ。

源九郎は胸の内でつぶやいた。

元結《もとゆい》が切れて、ざんばら髪だった。濡れた髪が頬や首にからまっている。打擲《ちょうちゃく》されたらしく、頬や額に腫《は》れや青痣《あおあざ》があった。生きたまま簀巻きにされて川へ放り込まれたらしく、水を飲んで腹が膨れている。

その死体におくらが縋り付き、身を顫わせながら泣いていた。稲吉は悲痛に顔をしかめ、胸に衝《つ》き上げてくる嗚咽《おえつ》に耐えているようだった。

「華町、弥助はやくざ者に殺されたようだな」

菅井が源九郎に身を寄せ、小声で言った。

「そうだな」

源九郎も、弥助はやくざたちに殺されたのだろうと思った。

源九郎と菅井が、弥助のそばから身を引くと、孫六、平太、それにお熊やおまつたち長屋の女房連中が近寄ってきた。

「ひ、ひどいね。……だれが、弥助さんをこんな目に遭《あ》わせたんだい」

お熊が声を震わせて言った。

孫六や女房連中も、悲憤に顔をゆがめている。

「ともかく、長屋に引き取ってやろう」

源九郎が、お熊たちに言った。村上の検屍が済めば、長屋で引き取ることもできるだろう。

「……そ、そうだね。みんなで、弥助さんを弔ってやろうよ」

お熊が言うと、おまつたちもうなずいた。

源九郎が村上に、弥助を引き取ってもいいか、訊くと、

「かまわねえが、これは殺しだ。……なんとか、弥助を殺った下手人をつきとめねえとな。手先が、長屋に話を訊きにいくはずだが、よろしくな」

村上がけわしい顔のまま言った。

源九郎はその場にいる菅井や長屋の者たちと相談し、何人かが長屋にもどって戸板と茣蓙《ござ》を持ってくることにした。弥助を戸板に乗せて運ぶのである。

それから、お熊やおまつたちに、おくらのそばにいて面倒をみるように話した。おくらは、見ていられないほどの悲しみに打ちひしがれていたのだ。

五

軒先から落ちる雨垂れの音が、物寂しく聞こえてきた。ときおり、パチリ、パチリと将棋盤に駒を打つ音が聞こえたが、何となく重いひびきがある。

源九郎と菅井は、将棋を指していた。

「指す気になれんな」

源九郎が沈んだ声で言った。

「そうだな」

めずらしく、菅井も将棋に気が乗らないようだ。

今朝は朝から雨だった。菅井は、両国広小路に居合抜きの見世物に行けないこともあって、いつものように飯櫃に握りめしを入れ、将棋盤をかかえて源九郎の家にやってきたのだ。

ところが、ふたりとも将棋に気が乗らなかった。理由は分かっていた。弥助である。弥助が、竪川で死体で揚がってから八日経っていた。この間、長屋の者で葬式を出してやり、身内だけ集まって初七日も終えていた。ところが、弥助を殺した下手人も、殺された理由も分かっていなかった。そうしたこともあって、稲吉もおくらも悲嘆にくれ、長屋の家からほとんど姿を見せなかった。

長屋の住人たちも気が沈み、お熊などは、源九郎の顔を見ると、

「旦那、なんとかしておくれよ。このままじゃァ、おくらさんたちが可哀相で見ていられないよ」

と涙声で訴えるのだ。

「酒を飲む気にもなれんな」

源九郎の将棋を指す手がとまっている。

「そうだな」

菅井も冴えない顔をしていた。

そのとき、戸口に近付いてくる足音が聞こえた。ふたりらしい。腰高障子があいて、姿を見せたのは孫六と栄造だった。

「将棋ですかい」

土間に立つと、孫六が将棋盤を覗き込むようにして言った。

「ああ、ところで、何の用だ」

源九郎が栄造に目をやって訊いた。

「ちょいと、お訊きしたいことがありやしてね。お邪魔ですかい」

栄造が言った。栄造はけわしい顔をしていた。双眸に鋭いひかりが宿り、腕利きの親分らしい凄《すご》みがあった。

「いや、将棋は、やめようとしていたのだ。……上がってくれ」

源九郎が言うと、菅井もうなずいた。

菅井は飯櫃と将棋盤を脇に押しやると、戸口の方へ座りなおした。将棋をやめて、栄造の話を聞くつもりになっている。

孫六と栄造は座敷に上がって膝を折ると、

「弥助のことでさァ」

　と、孫六が小声で言った。

　孫六は還暦を過ぎた年寄りだった。はぐれ長屋に越してくる前までは、番場《ばんば》町《ちょう》の親分と呼ばれた腕利きの岡っ引きだった。そのころ、栄造は駆け出しの岡っ引きだったこともあり、孫六に面倒をみてもらうこともあったそうだ。

　ところが、孫六は中風を患い、すこし足が不自由になって隠居した。そして、いまははぐれ長屋に住む娘夫婦の世話になっている。一方、栄造は歳とともに岡っ引きとしての腕を上げ、いまでは岡っ引き仲間から諏訪町の親分と呼ばれ、一目置かれる存在になっていた。

「旦那方は、弥助を殺った下手人に心当たりはありやすか」

　栄造が低い声で訊いた。

「ないな」

　源九郎が言うと、

「おれもない」

　と、菅井が言い添えた。

「簀巻きにして川に放り込んだやり方からみて、やくざ者たちに殺られたんじゃアねえかと睨んでるんでさァ」

「おれも、そうみてる」

源九郎が言った。

「その筋を、いろいろ探ってみたんですがね。……下手人らしいやつが、出てこねえんでさァ」

「博奕《ばくち》ではないのか」

賭場で揉《も》め事を起こすと、貸元の子分たちが制裁をくわえた後、簀巻きにして川に投じることがある。

「あっしも、賭場にかかわりがあるとみて探ってみたんですが……。それらしい賭場がつかめねえ」

栄造が肩を落として言った。

すると、栄造の脇に腰を下ろしていた孫六が、

「それで、あっしが、弥助の遊び仲間だった久吉《ひさきち》と守助《もりすけ》に、訊いてみたんでさァ」

と、口をはさんだ。

久吉と守助は、はぐれ長屋に住む若者で、仕事を終えた後、弥助とつるんで飲

みにいくこともあったようだ。

「何か分かったのか」

源九郎が訊いた。

「久吉たちの話じゃァ、弥助はちかごろ賭場に行くことがあったらしいんで」

「ほう、弥助が賭場にな」

源九郎は初耳だった。まだ、弥助は指物師に奉公するようになったばかりで、酒も博奕も縁のない若者と思っていたが、そうではなかったらしい。

「それで、旦那方は、弥助がどこの賭場に出入りしてたか耳にしてやすか」

栄造が、源九郎と菅井に顔をむけて訊いた。

「いや、知らん。……菅井はどうだ」

源九郎が菅井に訊いた。

「おれも、知らんぞ」

すぐに、菅井は首を横に振った。

「久吉と守助に、訊いてみなかったのか」

遊び仲間の久吉と守助なら知っているかもしれない。

「それが、ふたりとも知らねえんでさァ」

孫六が言った。弥助はどこの賭場に行っていたのか、久吉たちにも話さなかったという。

「そうか……」

次に口をひらく者がなく、座敷が重苦しい沈黙につつまれたとき、

「それで、旦那たちはどうしやす」

と、栄造が声をあらためて訊いた。

「どうするって、何もするつもりはないが……」

源九郎が言うと、菅井もうなずいた。

「旦那、このまま放っておいていいんですかい。……稲吉もおくらもがっかりして、食い物も喉を通らねえ。このままじゃァ、ふたりとも死んじまいやすぜ」

孫六が訴えるように言うと、

「あっしも、旦那たちに手を貸してもらいてえんでさァ」

と、栄造も身を乗り出して言った。

「うむ……」

源九郎は、孫六と栄造がここに来た理由が分かった。弥助を殺した下手人の探索に、源九郎たちもくわわってほしいのだ。

源九郎は返答に困った。稲吉とおくらは可哀相だし、弥助を殺した下手人を憎む気持ちもあった。そうはいっても、源九郎たちは町方とはちがう。それに、はぐれ長屋の住人が殺されたとはいえ、いちいちかかわっていたら暮らしていけないし、命がいくらあっても足りないのだ。

源九郎が菅井に目をやると、菅井も口をむすんだまま逡巡《しゅんじゅん》するように視線を動かしている。

「……おれも、歳だしな」

源九郎が、つぶやくような声で言った。

「あっしは、旦那たちより歳上ですぜ。それに、中風を患った身だ」

孫六が胸を張って言った。

源九郎は胸の内で、年寄りと中風を患ったことを、自慢するやつがあるか、と思ったが、黙っていた。

「ともかく、稲吉とおくらに会ってみよう」

源九郎も、ふたりのことは心配していたのだ。

六

翌日は、雨が上がって晴天だった。初秋の陽射しが、長屋をつつんでいる。男たちが仕事に出たせいか、長屋はひっそりしていた。

四ツ（午前十時）ごろ、源九郎、菅井、孫六の三人は、稲吉の家にむかった。栄造は同行しなかった。今日のところは、源九郎たちだけで稲吉とおくらから話を聞いてみようと思ったのである。

お熊とおまつが、稲吉の家に来ていた。ふたりは上がり框《がまち》に腰を下ろしていた。稲吉とおくらは、座敷のなかほどに座っている。どうやら、お熊たちは、稲吉夫婦と話していたようだ。

「……華町の旦那たちが、来てくれたよ」

お熊が、いつになくやさしい声で言った。

……やつれたな。

源九郎は稲吉とおくらの姿を見て思った。

ふたりとも頰がこけ、目が落ちくぼんでいた。体も痩せ、首筋などが細くなったように見えた。顔は土気色で生気がなく、病み上がりのようである。

「ここに、腰を下ろしてもいいかな」

源九郎が訊くと、お熊とおまつが、慌てて上がり框の隅に動いた。

「茶を淹《い》れます……」

おくらが、細い声で言って立とうとした。

「茶はいい。いま、飲んできたのでな」

すぐに、源九郎が言った。今朝は茶を飲んでいなかったが、おくらに手間をかけさせたくなかったのである。

「どうだ、すこしは落ち着いたかな」

源九郎が訊いた。

「は、はい……」

おくらが言うと、稲吉もうなずいた。

「弥助は、可哀相なことをした。……ふたりも、辛いだろうな」

源九郎が言うと、ふいに、稲吉が源九郎たちに目をむけ、

「だ、旦那たちに、お頼みしたいことがありやす」

と、声を震わせて言い、

「おくら、持ってこい」

と、小声で言い添えた。

おくらはすぐに立ち、神棚の上に置いてあった巾着《きんちゃく》を持ってきて稲吉に手渡した。

稲吉は巾着を手にすると、

「あ、あっしもおくらも弥助が可哀相で、悔しくて……。弥助を殺したやつが、憎くてなんねえ」

と、声を震わせて言った。顔が悲痛と憎悪でゆがんでいる。

「や、弥助が、可哀相だ」

おくらが両手で顔を覆い、涙声で言った。

「だ、旦那たちに、頼みがありやす」

そう言うと、稲吉は巾着をひらき、なかに入っていた銭貨と銀貨をすべて取り出して膝先に積み上げた。

銭貨がほとんどだったが、なかに一分銀や一朱銀などの銀貨もまじっていた。

「こ、これが、有り金全部でさァ。……これで、弥助の敵《かたき》を討ってくだせえ」

稲吉が言うと、おくらが声を震わせて、

「弥助の敵を討ってやって……」

と絞りだすように言い、顔を両手で覆って嗚咽を洩《も》らした。

稲吉もおくらも、源九郎たちがはぐれ長屋の用心棒と呼ばれ、長屋の住人がかかわった事件を解決してきたことを知っているのだ。

「うむ……」

源九郎たち三人は、虚空を睨むように見すえて口をつぐんでいた。

稲吉の膝先に積み上げられた金は、葬式と初七日に使った残りで、稲吉の持っているすべてであろう。

すると、お熊が洟《はなみず》をすすり上げながら、

「旦那ァ、弥助さんの敵を討ってやっておくれよ」

と、涙声で訴えた。

源九郎は無言で菅井に目をやった。

菅井は口をひき結び、顔をしかめていたが、源九郎と目が合うとちいさくうなずいた。やる気になっている。菅井は顔に似合わず、情にもろいところがある。

「あっしは、やりやすぜ！」

ふいに、孫六が声を上げた。

「分かった。おれもやろう」

源九郎はそう言うと、稲吉の膝先に手を伸ばし、

「これだけでいい」

と言って、一文銭を六枚手にした。

稲吉とおくらの有り金をすべて取ってしまったら、明日からふたりは暮らしていけないだろう。

六枚は、六人分だった。源九郎たちの仲間は、この場にいる三人の他に、茂次、鳶《とび》をしている平太、それに砂絵描きをしている三太郎《さんたろう》がいた。

砂絵描きは、大道芸のひとつだった。染め粉で染めた色砂を色別に小袋に入れ、人出の多い、寺社の門前や広小路などに座り、掃いて綺麗にした地面に色砂を垂らして絵を描いて観せるのだ。

今日、三太郎は仕事に出かけていた。三太郎は生来の怠け者で長屋で寝ていることが多かったが、おせつという女房をもらってからは、雨風の日以外は仕事に出かけているようである。

「……あ、ありがてえ」

稲吉が、額が畳に突くほど頭を下げた。

おくらは亭主の脇で、源九郎たち三人に掌《て》を合わせている。

「やっぱり、旦那たちは頼りになるよ。……長屋の宝だねぇ」

お熊が言うと、

「ほんと、旦那たちがいるだけで、心強いからねぇ」

おまつが、目を潤ませて言い添えた。

源九郎は一文銭を握りしめたまま、

……明日からの食い扶持《ぶち》を何とかせねば、ならんぞ。

と、渋い顔をして胸の内でつぶやいた。

七

源九郎たちが稲吉夫婦に会った二日後、茂次が菅井と四十がらみの男を連れて、源九郎の家にあらわれた。

茂次は、井戸端に菅井がいたので、いっしょに来てもらったという。

三人は上がり框のそばに立つと、

「華町の旦那、吉造《よしぞう》さんが、華町の旦那におりいって話があるそうで」

茂次が、男に目をやって言った。

男の名は、吉造らしい。茂次によると、吉造は春日屋《かすがや》という舂米屋《つきごめや》のあるじで、店は相生町四丁目の竪川沿いの通りにあるという。

源九郎は春日屋を知っていた。春米屋としては大きな店で、奉公人が三、四人いるはずである。

「……お手間を取らせます」

吉造は首をすくめるように頭を下げた。ひどく狼狽《ろうばい》していた。顔がこわばり、視線が不安そうに揺れている。

「ともかく、上がってくれ」

源九郎は、茂次たちを座敷に上げた。

今朝はめずらしく昨夕炊いためしの残りがあり、源九郎は湯漬けにして食い、食膳も片付けてあった。久し振りで、稼業の傘張りでもしようと思っていたところである。

「吉造さんが、路地木戸のところに立って迷っているのを見かけやしてね。旦那に会いに来たと言うんで、連れてきたんでさァ」

茂次が言った。

「それで、どんな話かな」

源九郎は穏やかな声で訊いた。

するど、吉造が源九郎に縋るような目をむけて、

「は、華町さま、娘を助けてください！」

と、急に大きな声で言った。

「藪《やぶ》から棒に、娘を助けてくれと言われてもな。……わけを話してみろ」

「一昨日《おとつい》、娘が連れて行かれました」

吉造が顔をゆがめて言った。

菅井は口をひき結び、とがった顎を手で撫《な》でながら源九郎と吉造のやりとりを聞いている。

「娘の名は？」

源九郎が訊いた。

「おすみで……」

「おすみは、だれに連れていかれたのだ」

「ご、権蔵《ごんぞう》親分の子分たちで……」

「権蔵親分とは、何者だ」

源九郎は、権蔵という男を知らなかった。

吉造は急に黙り込み、戸惑うような顔をしていたが、

「か、貸元で……」

と、か細い声で言った。

「賭場か」

「は、はい」

「うむ……」

どうやら、吉造は賭場に出入りしていたようだ。その賭場の貸元が、権蔵らしい。吉造は、博奕をしていたことを口にしづらかったのだろう。

「権蔵の子分たちが、娘を連れていったのだな」

源九郎が念を押すように訊いた。

「そうです」

「おすみは、幾つになる？」

「十四に、なりました」

「十四か……」

男の相手ができる年頃である。権蔵は、子分たちにおすみを攫《さら》わせて、女郎屋に売り飛ばすつもりではあるまいか。

「それで、どうしておすみを連れていったのだ。……権蔵は人攫いではあるまい」

何か理由があって、おすみを連れていったはずである。

「賭場の借金の形《かた》だと言って……」

吉造が悲痛に顔をゆがめて言った。

「博奕で負けて借りた金の形か」

源九郎は、貸元の子分たちが来て娘を連れていった理由が分かった。

「で、ですが、てまえが借りたのは、三十両だけなんです。それが、いつの間にか六十両になっていて……」

吉造によると、当初は何とか都合して借りた三十両を返したそうだ。ところが、半月ほどすると、ふたたび子分たちが店に来て、利息がまだ三十両残っていると言い出したという。

「て、てまえは、そんな金は出せない、今後、店に来れば、お上に訴えると言いました。……そのとき、てまえは、何とか工面して三十両払ったとしても、権蔵の脅しは終わらないと思ったのです。……また、半月もすれば利息が残っていたと言って、金を出せと言い出すに決まってます」

「阿漕《あこぎ》な男だな。……それで、どうした」

源九郎が話の先をうながした。

「子分のなかの兄貴格の重造《しげぞう》という男が、お上に訴えるなら訴えてもいいが、伝兵衛店の弥助を知っているかと言い出しました」

「なに！　弥助の名を出したのか」

思わず、源九郎の声が大きくなった。弥助は権蔵の賭場で何か揉め事を起こし、簀巻きにされて殺されたのではあるまいか——。

……弥助殺しと、同じ筋かもしれんぞ。

源九郎は胸の内で思った。

「は、はい、てまえは、弥助さんが簀巻きにされて竪川で揚がったのを知っていたので、ゾッとしました。……それでも、三十両は出しませんでした。ここで言いなりになると、店が潰れるまで、絞り取られると思ったからです」

「吉造のいうとおりだ。権蔵は、絞れるだけ絞りとろうとするな」

「てまえは死ぬ気になって、帰ってくれ、と言ったのです。すると、金の代わりに娘を連れていく、と言って……」

吉造が肩を落として言った。

「連れていったのだな」

「は、はい」

吉造によると、店の脇に駕籠《かご》が用意してあり、それにおすみを無理やり乗せて連れていったという。

「駕籠が用意してあったのか」

「……」

吉造は力なくうなずいた。

「初めから、娘のおすみが目当てだったのかもしれんぞ」

源九郎が言うと、

「おれも、そうみるな」

と、菅井が細い目をひからせて言った。

源九郎と菅井が口をつぐむと、座敷が急に静かになった。すると、吉造が顔をこわばらせたまま源九郎に目をむけ、

「お、おすみは、何をされるか分かりません。……おすみを、助けてください」

と、声を震わせて言った。

「だがな、わしらにも仕事があるからな」

源九郎は小声で言った。迂闊《うかつ》に、引き受けるわけにはいかなかった。相手は、

賭場の貸元である。おすみを取り戻すのは簡単ではないだろう。

「華町さまたちのお仕事が、できなくなることは分かっております。……何とか工面して、二十両用意しました」

そう言って、吉造は懐から財布を取り出した。真新しい財布である。

「これで何とか、お願いできないでしょうか」

吉造は、財布を源九郎の膝先に置いた。

どうやら、吉造は、源九郎たちに頼むには、相応の金が必要だと思ったようだ。

「できるだけのことは、やってみよう」

源九郎は、財布に手を伸ばした。

源九郎の胸の内には、弥助殺しといっしょに探索にあたれる、との思いがあった。それに、二十両あれば、六人で分けてもしばらく金の心配をしなくてすむ。

「吉造、きっと娘を助け出してやるぞ」

めずらしく、菅井が声を大きくして言った。菅井も、弥助と同じ筋と読んだらしい。

第二章　五平の影

一

本所松坂町《まつざかちょう》に、亀楽《きらく》という縄暖簾《なわのれん》を出した飲み屋があった。

亀楽に、六人の男が集まっていた。はぐれ長屋に住む源九郎、菅井、茂次、孫六、三太郎、平太の六人である。源九郎たちは飯台を前にし、腰掛け代わりの空き樽に腰を下ろしていた。

源九郎は吉造から話を聞いた後、茂次に長屋をまわってもらい、仲間たちを亀楽に集めたのである。六人は、はぐれ長屋の用心棒と呼ばれる連中だが、風采《ふさわ》の上がらない年寄り、貧乏牢人、若造など、その外見は用心棒と呼ばれるには相応しくない男たちだった。

源九郎たちは、何か相談事があると、亀楽に集まることが多かった。源九郎たちは亀楽を贔屓《ひいき》にしていたのだ。それというのも、亀楽ははぐれ長屋から近かったことにくわえ、酒が安価で長時間居座って飲んでいても、文句ひとつ言われなかったからだ。

亀楽のあるじの元造《もとぞう》は寡黙で愛想など口にしなかったが、源九郎たちには何かと気を使ってくれた。それに、頼めば店を貸し切りにしてくれ、他の客の耳に入れたくないような相談をするときは、都合がよかった。今日も、源九郎たちは元造に頼んで貸し切りにしてもらった。

「おしずさん、酒と肴《さかな》を頼む。肴は、みつくろってくれ」

源九郎が、店の手伝いをしているおしずに頼んだ。

おしずは、平太の母親だった。はぐれ長屋から通いで来て、亀楽の手伝いをしていたのである。

「すぐに、用意しますからね」

そう言い残し、おしずは板場にもどった。

いっときすると、元造とおしずが酒肴《しゅこう》を運んできた。肴は、ひじきと油揚げの煮染、たくわん、それに炙《あぶ》ったするめだった。

「これは、旦那からですよ」

そう言って、おしずが銚子を二本余分に飯台に置いた。

「おしずさん、いつもすまねえなァ」

孫六が目を細めて言った。

孫六は無類の酒好きだった。ところが、同居している娘夫婦に遠慮して、長屋ではあまり酒が飲めなかった。それで、源九郎たちと亀楽で飲むのを楽しみにしていたのだ。

「わしからの話は、一杯やってからだ」

源九郎は銚子を取ると、脇に腰を下ろしている孫六に、さァ、飲んでくれ、と言って、銚子をむけた。

「すまねえ」

孫六は、嬉しそうな顔をして猪口《ちょく》で酒を受けた。

その場に集まった男たちが、仲間たちと酒をつぎ合っていっとき飲んでから、

「舂米屋《つきごめや》の春日屋を知っているか」

と、源九郎が切り出した。

「四丁目にある店ですかい」

孫六が訊《き》いた。

「そうだ。……春日屋のあるじの吉造の娘が、男たちに連れていかれたらしい。茂次から話してくれ」

源九郎が茂次に言った。

「それじゃァあっしから――」

そう前置きして、茂次は長屋の路地木戸のところで吉造に会い、源九郎の家に連れてきたこと、さらに、吉造の娘のおすみが賭場の貸元をしている権蔵の子分たちに駕籠《かご》で連れていかれたことなどを話した。

茂次の話が終えたとき、孫六が、

「茂次、お梅のときと似てねえかい」

と、小声で言った。

お梅というのは、茂次の女房である。

「そういやァ似てるが、相撲《すもう》の五平《ごへい》（シリーズ五『深川袖しぐれ』）は、五年ほど前に死んでいるぜ」

茂次が、顔をけわしくして言った。

お梅は、瀬戸物屋の娘だった。父親の甚作《じんさく》が客に誘われて賭場に行き、博奕《ばくち》に負けて借金をした。その借金の形《かた》に、お梅は賭場の貸元の子分たちに連れさられ、肌を売る料理屋で客をとらされる羽目になった。

その賭場を陰で牛耳《ぎゅうじ》っていたのが、相撲の五平という悪党だった。五平は巨漢の主で、若いころ相撲取りだったことから、相撲の五平と呼ばれていたのだ。

茂次は、お梅と幼馴染《おさなな》《じ》みだった。そして、お梅が五平の子分たちに連れていかれそうになったとき、近くで研ぎ屋の商売をしていた茂次が目にして、お梅を助けた。それが縁で、茂次はお梅と心を通じ合うようになったのだ。

茂次は、連れさられたお梅を助け出そうとして手を尽くしたが、五平が大親分だったこともあって、ひとりの力ではどうにもならなかった。そうした様子を見兼ねた源九郎たちは、茂次に味方してお梅を助け出すとともに、八丁堀同心の村上や岡っ引きの栄造たちに手を貸して五平一家を捕らえたのだ。

町方に捕らえられた五平は斬首され、主だった子分たちも斬首や遠島などになったはずである。

「五平のことはともかく、わしは春日屋の件は、弥助殺しと同じ筋だとみているのだ。……権蔵の子分たちが春日屋に来たときにな、弥助のことを持ち出して脅したらしいのだ」

源九郎が言った。

「弥助《やすけ》を殺ったのは、権蔵の子分たちですかい」

孫六が声を上げた。

平太と三太郎も、驚いたような顔をして源九郎を見た。

「決め付けるのは早いが、弥助が殺された件と何かかかわりがあるはずだ」

「てえことは、権蔵の子分たちをたたけば、弥助を殺したやつも分かるわけだな」

孫六が、目をひからせてつぶやいた。

「弥助を殺したやつをつきとめるためにも、権蔵一味を洗ってみる必要があるな」

源九郎が言った。

「それで、旦那、吉造にはどう返事したんです」

孫六が訊いた。

「引き受けた」

そう言うと、源九郎は懐から財布を取り出した。

男たちの目が、いっせいに財布に集まった。孫六と茂次の手にした猪口が、空にとまっている。

「ここに、二十両ある。……どうするな？　やるなら、六人で分けることになるが」

これまでも、源九郎たちは、手にした依頼金や礼金を六人で均等に分けてきたのだ。

「おれは、やるぜ」

茂次が声を大きくして言った。

すると、孫六が、「おれもだ！」と声を上げ、平太と三太郎も、「やる、やる」と声をそろえて言った。

「これで、決まりだ。……ひとり三両ずつ分けると、二両残る。その二両は、わしらの飲み代ということでいいかな」

源九郎たちは、金を六人で分けて半端が出ると、亀楽に集まったときの飲み代にしていたのだ。

「それでいい」

茂次が言った。

「では、分けるぞ」

源九郎は財布から小判を取り出し、男たちの前に三枚ずつ置いた。そして、自分の分と残った二両は、また財布にしまった。

「ありがてえ。これで、当分、金の心配はしねえで飲める」

孫六が、嬉しそうな顔をして小判を巾着《きんちゃく》にしまった。

茂次たちも、小判をそれぞれの巾着に入れた。

「さァ、飲もう。今夜は、好きなだけ飲んでいいぞ」

そう言うと、源九郎は猪口の酒を一気に飲み干した。

二

亀楽で飲んだ翌日、源九郎は孫六を連れて深川今川町《いまがわちょう》に足をむけた。吉造から、権蔵の賭場は、今川町にあると聞いていたのだ。

「孫六、今日は、賭場があるか確かめるだけだぞ」

大川端沿いの道を歩きながら、源九郎が言った。

「分かってやすよ。……様子を探ってから、手先をひとりお縄にして口を割らせればいいわけだ」

そう言って、孫六が源九郎に目をやった。

源九郎は探索や聞き込みにあたるとき、孫六といっしょのことが多かった。歳があまりちがわないこともあって、気が合ったのだ。それに、ふたりとも隠居の身である。

「まァ、そうだ」

源九郎は、様子をみて権蔵の手下をひとり捕らえ、話を聞けば手っ取り早いとみていた。

ふたりは仙台堀にかかる上ノ橋を渡ると、橋のたもとを左手におれた。今川町は仙台堀沿いにひろがっている。

「船宿の脇の路地を入った先だと、言っていたな」

源九郎は、吉造から賭場へ行く道筋も聞いていたのだ。

仙台堀沿いの道をいっとき歩くと、

「旦那、船宿がありやすぜ」

と、孫六が前方を指差して言った。

堀沿いに船宿らしい店があった。道を隔てた店の前に桟橋があり、三艘の猪牙《ちょき》舟《ぶね》が舫《もや》ってあり、仙台堀の水面に揺れていた。

船宿の脇に細い路地があった。源九郎と孫六は、その路地に入った。小店や仕舞屋《しもたや》などのつづく路地で、空き地や笹藪《ささやぶ》なども目についた。寂しい路地である。

「この辺りだな」

源九郎は、吉造から路地に入って二町ほど歩いたところに仕舞屋があると聞いていた。板塀をめぐらせた仕舞屋で、それが賭場だという。

「あれだな」

路地からすこし入ったところに、板塀をめぐらせた仕舞屋があった。

妾宅ふうの造りで、思っていたより大きな家だった。仕舞屋の前は雑草におおわれた空地で、小径《こみち》が家の戸口までつづいていた。路地から離れているので、通行人には賭場だと気付かれないだろう。

「近付いてみるか」

源九郎と孫六は、小径に踏み入って仕舞屋に近付いた。

仕舞屋の近くまで行くと、源九郎と孫六は笹藪の陰に身をひそめて仕舞屋に目をやった。戸口の引き戸はしまっていた。ひっそりとして、辺りに人影はなかった。物音も人声も聞こえない。だれもいないようである。

「やけに静かだな」

源九郎が言った。

「そろそろ七ツ（午後四時）になりやす。賭場をひらくなら、だれかいるはずだがな」

孫六によると、賭場をひらくなら、先に三下《さんした》が何人か来ているはずだという。

「日を決めて、ひらいているのかもしれんな」

源九郎と孫六は、笹藪の陰から出て路地にもどった。

「近所で、訊いてみるか」

源九郎は、せっかく来たので近所で聞き込んでみようと思った。

「そこの八百屋は、どうです」

孫六が、路地沿いにある小体《こてい》な八百屋を指差した。

店先に、青菜や茄子《なす》などが並べてあった。店の親爺らしい初老の男が、長屋の女房らしい女と話している。野菜を買いにきた客であろう。

「あの男に、訊いてみるか」

源九郎たちは、八百屋に足をむけた。

都合よく、店先にいた女房らしい女は、青菜を手にして店先から離れた。

「おめえ、この店の者かい」

孫六が初老の男に声をかけた。

源九郎は孫六からすこし離れ、路傍に立っていた。この場の聞き込みは、岡っ引きだった孫六に、まかせようと思ったのである。

「へえ……」

親爺は、訝《いぶか》しそうな目で孫六を見た。初めて目にする孫六を警戒したのだろう。

「この辺りに、おれの娘が住んでいると聞いて来てみたんだがな」

孫六が言った。仕舞屋のことを訊くための作り話である。

「娘さんが」

親爺は、聞き返した。

「でけえ声じゃァ言えねえが、事情があってな。ちかごろ、男の世話になってるらしいんだ」

「そうですかい」

親爺の口許に卑猥《ひわい》な笑いが浮いたが、すぐに消えた。孫六の口にした娘は、妾らしいと思ったようだ。

「そこに、それらしい家があるな」

孫六は、賭場になっている妾宅らしい家を指差した。

「ありやすが……」

親爺の顔に、戸惑うような表情が浮いた。

「あの家にかこわれている女の名を聞いてるかい」

孫六は、娘のことにことよせて賭場の様子を聞き出そうとしたのだ。

「い、いまは、あの家に女はいねえ。……五年ほど前には、いやしたがね」

親爺が声をつまらせて言った。

「どういうことだい？」

「女は、五年ほど前に死んだんでさァ」

親爺によると、仕舞屋は妾宅で年増《としま》が住んでいたが、五年ほど前に亡くなったそうだ。

「いまは空き家かい」

「そ、そうじゃァねえ」

男は言いにくそうな顔をした。

「だれか、住んでるんじゃァねえのかい」

「住んじゃァいねえが、使われることもあるようで……」

「何に使われるのだ」

賭場だろう、と孫六は思ったが、そう訊いたのである。

「……う、噂ですがね。賭場らしいんでさァ」

親爺が、首をすくめながら言った。

「賭場な。……貸元はだれだい」

孫六は、世間話でもするような口調で訊いた。親爺に興味のなさそうな顔をして見せ、話をさせようと思ったのである。

「権蔵ってえ、親分だと聞きやしたぜ」

親爺が小声で言った。

「権蔵な……。どうでもいいが、今日はひらかねえようだな。やけに、ひっそりしてるじゃァねえか」

「それが、ここ三日ほどしまったままなんで」

親爺によると、賭場のひらかれない日もあるが、それでも子分らしい男の姿は見かけるそうだ。ところが、ここ三日ほど家はしまったままで、出入りする男の姿も目にしないという。

「そうかい。町方に目をつけられて、しめちまったんじゃァねえのかい」

孫六は、邪魔したな、と言い残し、店先を離れた。親爺からこれ以上聞くことはなかったのである。

孫六は源九郎とふたりで仙台堀沿いの道の方に歩きながら、親爺から聞いた話を伝えた。

「賭場をとじたのか」

源九郎が聞き返した。

「そのようで」

「まさか、おれたちが探っていることに気付いて、賭場をとじたわけではあるま
いな」

「それにしちゃァ早過ぎやすぜ」

孫六が首をひねった。

「そうだな」

源九郎にも、権蔵がなぜ賭場をしめたのか分からなかった。

三

「どうも、権蔵の動きが早いな」

源九郎がつぶやくような声で言った。

「町方が乗り出したのを知ったのではないか」

菅井が言った。

ふたりは、源九郎の家にいた。朝餉《あさげ》の後、源九郎が茶を飲んでいると菅井が顔を出したのだ。めずらしく、菅井は将棋盤を持ってこなかった。菅井は、権蔵のことを訊きにきたという。それで、源九郎が孫六とふたりで今川町に出かけたときのことを話してやったのだ。

「そうかな。栄造たちも、権蔵の賭場を探っているとは思えんが……」

源九郎は首をひねった。

「それで、これからどうするのだ」

菅井が訊いた。

「ともかく、権蔵の手下をつきとめるしか手はないと思ってな。孫六や茂次たちに、今川町と八幡宮界隈《かいわい》をまわってもらっているのだ」

孫六と三太郎は今川町を当たり、茂次と三太郎は、富ヶ岡八幡宮界隈で聞き込みにあたっているはずだった。八幡宮界隈は権蔵とかかわりがあるか分からなかったが、江戸でも有数の盛り場で女郎屋や置屋などの多いところなので、連れていかれたおすみの噂が聞けるのではないかと踏んだのである。

「うむ……」

菅井が口を結んだとき、戸口に近寄る足音がした。下駄《げた》と草履の音である。

すぐに腰高障子があき、顔を見せたのは男と女だった。おきくと磯次である。

おきくは座敷にいる菅井を目にし、戸惑うような顔をしたが、

「磯次さんが、華町さまにお話があるそうです」

と、顔を赤らめ、消え入りそうな声で言った。

「旦那に、お願いがあって来やした」

すぐに、磯次が言い添えた。

「わしにか？」

源九郎は、磯次に膝先をむけた。

「へい」

磯次は、おきくに顔をむけ、

「おきくさんは、これで帰ってくれ。後は、ふたりにおれから話す」

と、小声で言った。

おきくは、源九郎と菅井に目をやり、

「い、磯次さんが、華町さまと会ったことがないと言うので、わたし、いっしょに来たんです」

さらに顔を赤くして言うと、源九郎と菅井に頭を下げて、逃げるように戸口から出ていった。

「おきくさんには、世話になってやして……」

磯次が照れたような顔をして言った。

「そこに、腰を下ろしてくれ」

源九郎は上がり框《がまち》の近くに来て座った。

菅井も、磯次に目をむけながらそばに来て膝を折った。

磯次は上がり框に腰を下ろすと、

「旦那たちが、殺された弥助さんのことで探っているらしいと、おきくさんから聞いたんでさァ」

と、声をあらためて言った。

「それで？」

源九郎が話の先をうながした。

「あっしも、この長屋にお世話になっている身なので、何かしてえと思ってるんでさァ。それで、あっしにも何かやらせてもらえねえかと思いやしてね」

磯次が声をひそめて言った。

すると、むずかしい顔をして口を結んでいた菅井が、

「おれたちといっしょに、弥助を殺した下手人をつきとめようというのか」

と、磯次を見すえて訊いた。

「まァ、そうで……」

磯次が肩をすぼめた。

「うむ……」

源九郎は、どうしたものかと思った。

まだ、磯次がどんな男か知らなかった。聞いているのは、屋根葺《ふ》きを生業《なりわい》にし、おきくが手籠《てご》めになりそうになったときに助けたということだけである。それに、春日屋から貰《もら》った二十両はみんなで分けてしまったので、磯次に渡す金がない。磯次だけ、ただというわけにはいかないだろう。

「磯次、わしらは御用聞きとはちがってな。……お上のご威光というものがない。下手に動くと、命がいくつあっても足りないのだぞ」

源九郎が、諭すように言った。

「分かっていやす。あっしは、長屋のために何かしてえんでさァ」

磯次が、源九郎に目をむけて言った。

「分かった。……孫六や茂次たちにも話して、何かあったら手を借りることにしよう」

源九郎は、しばらく様子をみてみようと思った。

「ありがてえ。旦那、何でもやりやすから声をかけてくだせえ」

そう言うと、磯次は立ち上がり、源九郎と菅井に頭を下げて戸口から出ていった。

磯次の足音が遠ざかると、

「菅井、どう思う」

源九郎が訊いた。

「何とも言えんな。顔を見たのは、今日が初めてだからな」

菅井が低い声で言った。

「うむ……」

そう言えば、磯次の身内のことも屋根葺きの親方のことも知らなかった。

「ただ、すばしっこそうだな」

「それに、腕がたつのかもしれんぞ」

おきくが手籠めになりそうになったとき、磯次が駆け付け、ならず者らしい男ふたりとやりあって追い払った、と源九郎は聞いていた。

「なに、金にはならないと知ったら、身を引くさ」

そう言って、菅井が立ち上がった。

「どこへ行く」

「陽が沈むころだ。そろそろ、めしでも炊こうかと思ってな」

菅井は両手を突き上げて伸びをした。

四

「華町、まだ、寝てるのか」

源九郎は、菅井の声で目を覚ました。

戸口に目をやると、菅井と茂次が立っている。ふたりの背後の腰高障子が朝陽を映じて白くかがやいていた。五ツ(午前八時)ごろであろうか。昨夜、遅くまで酒を飲んだせいで、寝過ごしてしまったようだ。

「朝から将棋か」

源九郎が、身を起こして訊いた。菅井の顔を見たら、将棋が頭に浮かんだのである。

「華町、将棋は後だ」

菅井が苛立《いらだ》った声で言った。

「華町の旦那、大変ですぜ」

茂次が、声を大きくした。

「何があったのだ」

源九郎は、ひろがった小袖の襟をなおしながら訊いた。昨夜、小袖のままで寝てしまったのだ。

「殺られやした！　岡っ引きの、左吉《さきち》が」

「左吉だと。だれなんだ」

源九郎は、左吉を知らなかった。

「栄造親分が使っている御用聞きでさァ」

「なに、栄造の手先だと」

源九郎は、急いで小袖の帯を締めなおした。

「華町！　早くしろ」

菅井が、渋い顔をして言った。

「ま、待て！　顔だけは洗わしてくれ」

源九郎は、急いで土間に下りると、流し場の隅に置いてある水甕《みずがめ》に残っている水を柄杓《ひしゃく》で汲んで小桶にあけた。

小桶の水を手ですくって顔を洗うと、手ぬぐいで拭いた。

「華町、目脂《めやに》がついてるぞ」

菅井が呆《あき》れたような顔をして言った。

「そ、そうか」

慌てて、源九郎は手拭いで目をぬぐった。

「旦那ァ、何をしてるんで――。いい歳をして、なんてえざまなんだ」

茂次まで、呆れたような顔をしている。

「行くぞ」

源九郎は戸口から外に出た。

小走りに路地木戸にむかいながら、

「それで、場所はどこだ」

と、源九郎が訊いた。

「万年橋のそばでさァ」

万年橋は、小名木川《おなぎ》にかかる橋である。茂次によると、知り合いのぼてふりから聞いたという。

源九郎たちは竪川沿いの通りを経て一ッ目橋を渡り、御舟蔵の脇に出た。そして、大川にかかる新大橋のたもとを過ぎると、前方に万年橋が見えてきた。

五ツ半(午前九時)ごろだった。秋の陽射しが、通りを照らしていた。晴天のせいか、大川端の通りはいつもより人通りが多いようだった。

万年橋を渡ると、茂次は足をとめて周囲に目をやった。

「あそこですぜ」

茂次が、左手を指差した。

半町ほど先の小名木川沿いの道に、人だかりができていた。通りすがりの野次馬が多いようだが、八丁堀同心の姿もあった。

……村上どのらしい。

と、源九郎は思った。遠方で顔ははっきりしなかったが、その体付きから村上だと分かったのである。

「栄造親分も、いやすぜ」

茂次が言った。

人だかりのなかに、栄造らしい男の姿もあった。

源九郎たちが人だかりのそばへ行くと、磯次が顔を出した。岡っ引きが殺されたと聞いて、長屋から駆け付けたのだろう。

「旦那、ここから」

磯次が言って、手招きした。

源九郎たちが行くと、磯次が脇に身を引き、源九郎たちを通すために道をあけた。

「すまぬ」

源九郎たちは、磯次の脇を通って人だかりの前に出た。

栄造の足元に、男がひとり横たわっていた。そこは、小名木川の岸辺の叢《くさむら》のなかだった。

源九郎は栄造のそばに立っている村上に頭を下げてから、栄造に近寄った。磯次は源九郎たちについてきたが、すこし間をとって後ろに立っている。

「華町の旦那、見てくだせえ」

栄造が悲痛な顔をして足元に目をやった。

「こ、これは……！」

源九郎は息を呑んだ。

凄絶《せいぜつ》な死顔である。男はあお向けに倒れていた。その顔が、頭から額にかけて斬り割られていた。顔はどす黒い血に染まり、カッと瞠《みひら》いた両眼が、血のなかから白く飛び出しているように見えた。

左吉は、右手に十手を持っていた。下手人に立ち向かおうとしたのかもしれない。

「真っ向に斬られたのか」

源九郎が、低い声で言った。正面から真っ向に斬り下ろした傷である。

「あっしの手先の左吉でさァ」

栄造が震えを帯びた声で言った。

そのとき、村上が近付いてきて、

「華町と菅井は、この傷をどうみる」

と、小声で訊いた。

村上は、源九郎と菅井が遣い手で、刀傷から斬った者の太刀筋や腕のほどを見抜く目をもっていることを知っていた。

村上は、源九郎と菅井を呼び捨てにすることが多かった。敬称をつけないのは、親しさのあらわれでもあった。源九郎たちと事件のおりに顔を合わせることが多く、探索に協力し合うこともあったからである。

「手練《てだれ》だ！」

菅井が源九郎より先に言った。その声には、昂《たかぶ》ったひびきがあった。

「正面から真っ向に斬った傷だ。……斬り慣れた者とみていいな」

源九郎が言った。

いかに腕のたつ者でも、ひとを斬った経験のない者では、これだけ見事に正面から斬れない、と源九郎はみたのである。

「下手人に、心当たりはあるか」

村上が訊いた。

「いや、ない」

源九郎が言うと、菅井もうなずいた。

「いずれにしろ、下手人は辻斬りや追剝《おいは》ぎではないな。……左吉は十手を出したようなので、すぐに御用聞きと分かったはずだ」

村上が、御用聞きを狙う辻斬りや追剝ぎはいないと言い添えた。

「すると、下手人は左吉を御用聞きと知った上で、襲ったのだな」

「そういうことだ」

村上が言った。

「ところで、左吉は何を探っていたのだ」

源九郎が、栄造に訊いた。

「深川で金を脅しとられた件でさァ。たいした事件《やま》ではないとみて、左吉を聞き込みにやったんですが……」

栄造が、他の者に聞こえないように声をひそめて話した。

深川佐賀町《さがちよう》にある材木問屋、増田屋《ますだや》の倅、吉之助《きちのすけ》が深川永代寺門前町《えいたいじもんぜんまち》にある女郎屋、「遊喜楼《ゆうきろう》」で遊んだ帰りに、ならず者らしいふたりに脅され、二十両もの大金を奪われたそうだ。左吉はならず者たちを探りに深川に行った帰りに、ここで襲われたのではないかという。

「左吉を襲ったのは、ならず者たちかな」

源九郎は、ちがうような気がした。左吉を斬ったのは、腕のたつ武士らしい。ならず者なら、匕首《あいくち》や長脇差を遣うだろう。

源九郎が腑に落ちないような顔をしていると、

「実は、四、五日前に左吉から聞いたんですが、吉之助の件から手を引け、と牢人者に脅されたそうでさァ。……左吉はそんな脅しで手を引いたら、御用聞きの手先はつとまらねえと言ってやした」

と、栄造が無念そうに言った。

「左吉は、その牢人の脅しにひるまず、吉之助の事件を探った。それで、殺られたのか」

左吉を斬ったのは、その牢人であろう、と源九郎は思った。

「あっしは、そうみてやす」

栄造の顔は、悲痛と苦悶《くもん》の翳《かげ》におおわれていた。栄造は自分がとめれば、左吉は殺されずにすんだと思っているのだろう。

「うむ……」

それにしても、町方の手先を斬り殺したとなると、ただごとではない。吉之助を脅した裏に、なにかありそうである。

「栄造、明日にも増田屋に行ってみるか」

源九郎は、吉之助に訊けば何か分かるかもしれない、と思った。明日にしたのは、栄造は左吉の亡骸《なきがら》を放置して、この場を離れられないとみたからである。

「承知しやした」

栄造が顔をけわしくして言った。

五

深川佐賀町は、仙台堀にかかる上ノ橋のたもとから、大川にかかる永代橋のたもとまで大川沿いに長くつづいている。源九郎、菅井、栄造、孫六の四人は、大川端沿いの道を川下にむかって歩いていた。

源九郎たちは、材木問屋の増田屋に行くつもりだった。孫六を連れてきたのは、岡っ引きだった孫六は栄造と話が合うからである。

「ところで、栄造は何を探っていたのだ」

歩きながら、源九郎が訊いた。

栄造から、吉之助が脅された件は、殺された左吉にまかせておいたと聞いていたからだ。栄造は、もっと大きな事件にあたっていたにちがいない。

「賭場でさァ」

栄造が小声で言った。

「権蔵の賭場か」

思わず、源九郎が声を大きくして訊いた。

「それが、権蔵の賭場じゃァねえんで——。駒五郎《こまごろう》という男が貸元をしている賭場が、入船町《いりふねちょう》にあると聞きやしてね、その賭場をあたってたんでさァ」

深川入船町は、富ヶ岡八幡宮の東方に位置している。

栄造によると、権蔵の賭場のことも耳にしてすぐに探ったが、とじた後だったので、駒五郎の賭場にあたったという。

「実は、あっしが、駒五郎の賭場にあたったのは、わけがあるんでさァ」

栄造が言った。

「わけとは」

源九郎が訊いた。

菅井と孫六は、源九郎と栄造のやり取りに耳をかたむけている。

「駒五郎の賭場を探っていた元八《もとはち》ってえ御用聞きが、ならず者たちに、簀巻《すま》きにして大川にぶち込んでやる、と脅されて手を引いたと聞いたんでさァ。それで、殺された弥助とかかわりがあるとみて、そっちを探ってみたんで——」

「ならず者たちは、簀巻きにすると脅したのだな」

源九郎が念を押すように訊いた。

「へい」

「それで、駒五郎という男の賭場は知れたのか」

「まだなんで……。賭場があると聞いた入船町を探ってみやしたが、どこにあるかもつかめねえんで」

栄造が渋い顔をして言った。

「駒五郎の賭場も、此度《こたび》の件とかかわりがありそうだな」

源九郎が厳しい顔をして言った。

そんなやり取りをしながら、源九郎たちは佐賀町に入った。前方に、大川にかかる永代橋が迫ってきた。

「旦那、増田屋はそこですぜ」

栄造が通り沿いにある土蔵造りの大店《おおだな》を指差した。

店の脇に、材木をしまう倉庫があり、道を隔てたすぐ前に桟橋があった。猪牙舟と小型の舟が舫ってあった。材木や丸太を運ぶときに使われるのであろう。

店の脇まで来ると、孫六が足をとめ、

「四人もで、雁首《がんくび》をそろえて店に入《へえ》っても仕方がねえ。あっしは、近所で聞き込んでみますよ」

そう言って、源九郎たちから離れた。

源九郎、菅井、栄造の三人が、増田屋の暖簾をくぐった。

土間の先が、座敷になっていた。大工の棟梁《とうりよう》らしい男が、手代と何か話している。右手に帳場格子があり、番頭らしい男が筆で帳簿になにやら記載していた。

源九郎たちが土間に入ると、番頭らしい男は源九郎たちの姿を目にしたらしく慌てた様子で立ち上がり、揉《も》み手をしながら上がり框のそばに出てきた。

「番頭か」

すぐに、栄造が訊いた。

「はい、番頭の喜蔵《よしぞう》でございます。何か、御用でしょうか」

喜蔵が、源九郎たちに不審そうな目をむけた。無理もない。栄造は岡っ引きらしい格好をしていたが、源九郎は隠居の武士、菅井は総髪の牢人体である。どういう取り合わせなのか、喜蔵には見当もつかなかっただろう。

すると、栄造が懐から十手を取り出して見せ、

「ちと、訊きたいことがあってな。こちらは、町奉行所にかかわりのあるお方だ」

と言って、源九郎に目をむけた。源九郎も菅井も、町奉行所の同心には見えなかったので、かかわりのあるお方と口にしたのだろう。

「さようでございますか。……それで、何をお聞きになりたいのでございますか」

喜蔵の顔から不審そうな色は消えたが、変わって戸惑うような表情が浮いた。どう応対していいか分からなかったのだろう。

「この店に、吉之助という倅がいるな」

栄造は吉之助の名を出した。

「は、はい……」

「ちと、話が聞きたいのだがな」

栄造が、座敷にいる大工らしい男に聞こえないように小声で言った。

「そ、それが、若旦那は、ここ何日か臥《ふ》せっておられまして……」

喜蔵の顔に、困惑の色が浮いた。

「あるじの嘉右衛門《よしえもん》でもいいぞ」

栄造は、あるじの名を知っていた。

「しばし、お待ちを——。あるじに訊いてまいります」

喜蔵はそう言い残し、慌てた様子で帳場の奥へむかった。

いっときすると、喜蔵がもどって来て、

「お上がりになってくださいまし。……あるじが、お会いするそうです」

そう言って、源九郎たち三人を座敷に上げた。

喜蔵が源九郎たちを連れていったのは、廊下の先にあった客間だった。すでに、恰幅《かっぷく》のいいあるじらしい男が、上座をあけて待っていた。

五十がらみであろうか。丸顔で、細い目をしていた。その顔を、困憊《こんぱい》の翳が色濃く覆っていた。

源九郎たちが膝を折ると、

「あるじの嘉右衛門でございます」

あるじらしい男が細い声で言って頭を下げた。

六

「手間をとらせるな」

そう言って、栄造が御用聞きであることを話し、源九郎と菅井は名だけ口にした。

「倅の吉之助だが、臥せっているそうだな」

栄造が訊いた。

「は、はい、ここ何日か目眩《めまい》がすると言って、寝たきりでして……」

嘉右衛門が、声をつまらせて言った。

「それじゃァ、ここに呼ぶわけにはいかねえな」

「ご勘弁ください」

「ところで、吉之助は深川の遊喜楼という女郎屋で遊んだ帰りに、金を脅しとられたそうだな」

栄造が、嘉右衛門を見すえて訊いた。

源九郎と菅井は黙っていた。ふたりともこの場は栄造にまかせ、何かあれば口をはさむつもりだった。

「は、はい……」

「遊喜楼を馴染みにしてたのかい」

「い、いえ、行ったのは二度だそうです」

「ひとりで行ったのか」

「始めは店の客に誘われたようですが、二度目は、ひとりです」

「一度目の敵娼《あいかた》が、気に入ったのだろうな。……それで、どこで脅されたのだ」

「大川端の通りに出てからだと言っております」

「ふたりは、店の近くから吉之助の跡を尾《つ》けたのかもしれねえな」

栄造が言った。

遊喜楼のある永代寺門前町は富ヶ岡八幡宮の門前通りにひろがり、夜でも料理屋や女郎屋に来た客で賑わっている。ふたりのならず者は、人目のある門前通りを避け、人影のとぎれた大川端の通りに出てから吉之助を脅したのだろう。

栄造と嘉右衛門のやり取りがとぎれたとき、

「吉之助は、二十両ほど奪われたそうだな」

と、源九郎が訊いた。

「はい……」

「いつも、そんな大金を持たせているのか」

「い、いえ、吉之助が店の金を持って出たようでして……」

嘉右衛門が言いにくそうな顔をした。

「そうか」

源九郎も、ふたりのならず者は、吉之助が遊喜楼を出たときから跡を尾けたのではないかと思った。吉之助の財布に、大金が残っていたことを知っていたのであろうか。

「嘉右衛門、ふたりのならず者に心当たりはないのだな」

源九郎が、念を押すように訊いた。

「心当たりはありません」

嘉右衛門が、小声で言った。

「ところで、牢人者が吉之助のことで、この店に来たことはないのか」

源九郎は、左吉に探索から手を引けと脅した牢人のことを思い出して訊いたのだ。

「ご、ございません……」

急に嘉右衛門の顔がこわばり、声が震えた。

……何かあるな。

源九郎は直感したが、黙っていた。

すると、栄造が、

「この店に左吉という男が話を聞きにきたな」

と、脇から口をはさんだ。

「はい、はい」

「どんなことを訊いたのだ」

「いま、親分さんたちが、お訊きになったようなことでございます」

嘉右衛門はそう答えると、視線を膝先に落としてしまった。膝の上で握りしめた拳が震えている。

それから、栄造と源九郎が何を訊いても、嘉右衛門は、「存じません」とか「覚えておりません」とか答え、探索の役にたつようなことは聞き出せなかった。

「また、寄らせてもらうからな」

栄造がそう言い置き、源九郎たちが立とうとすると、

「お待ちください！」

嘉右衛門が、両手を畳に突いて源九郎たちに顔をむけ、

「どうか、吉之助のことは放っておいてください。もう、済んだことでございます。お願いでございます」

と、必死の顔付きで言った。

「……！」

嘉右衛門は、脅されているのではあるまいか、と源九郎は思った。

源九郎たち三人が立ったまま逡巡《しゅんじゅん》していると、番頭の喜蔵があらわれ、袱紗《ふくさ》包みを嘉右衛門に手渡した。

嘉右衛門は、袱紗包みを手にして立ち上がると、

「これは、茶菓子代わりでございます。お納めになってください」

と、言って、源九郎に手渡そうとした。

……金だな！

と、源九郎は思った。切り餅なら包みの大きさからみて四つ、百両はありそうだった。

源九郎は手が出かかったが、引っ込めた。金を貰えば、吉之助のことを放っておいてくれ、という嘉右衛門の頼みを承知しなければならない、と思ったのである。

「嘉右衛門、いずれ、吉之助のことは心配しないで済むようにしてやる。そのときに、その茶菓子はいただこう」

源九郎が言った。

「……………」

嘉右衛門は、戸惑うような顔をしたが、無理に袱紗包みを渡そうとはしなかった。

源九郎たち三人が増田屋から出ると、店の脇で孫六が待っていた。

源九郎たち四人は大川端の道に出ると、川上に足をむけた。今日は、このまま帰るつもりだった。

「孫六、何か知れたか」

歩きながら、源九郎が訊いた。

「へい、店から出てきた木挽《こびき》に、気になることを聞きやした」

「なんだ、気になるとは」

「その木挽は、十日ほど前《めえ》、増田屋にならず者ふたりと牢人が入ってきて、番頭に何やら話しているのを目にしたそうでさァ」

「それで」

源九郎が話の先をうながした。

「番頭は、蒼《あお》ざめた顔をして三人組を座敷に上げたそうです。……あっしは、念のために店の奉公人にも訊いてみたんですがね。奉公人は、あるじが三人組に、倅のことで脅されたんじゃァねえかと言ってやしたぜ」

「そうだったのか」

嘉右衛門が吉之助のことは放っておいてくれ、と訴えたのは、三人組に町方に話せば殺す、とでも脅されたからだろう、と源九郎は思った。

「旦那、あっしが木挽から聞き込んだのは、それだけじゃァねえんで」

孫六が目をひからせて言った。

「何を聞いた」

「木挽は、店の奉公人から聞いたと言ってやしたが、三人組は店から金も脅しとったらしいんでさァ」

「金もな」

どうやら、三人組は嘉右衛門の口封じだけでなく、金も強請《ゆす》ったようだ。

「悪党だな」

菅井の顔に怒りの色が浮いた。

七

富ヶ岡八幡宮の門前通りは、賑わっていた。参詣客や遊山《ゆさん》客などが行き交っている。源九郎と孫六は、永代寺門前町を歩いていた。通り沿いには料理屋、料理茶屋、置屋なども目に付いた。

源九郎たちは、遊喜楼を探ってみようと思って足を運んできたのだ。探るといっても、近所で店のことを聞いてみるだけである。

「旦那、あれが遊喜楼ですぜ」

孫六が通り沿いの店を指差した。

女郎屋らしい華やかな感じのする店だった。二階の軒下に、提灯《ちょうちん》が下がっている。

戸口は格子戸で、大きな暖簾が出ていた。戸口の脇に置かれた台に、若い男が腰を下ろしていた。弁慶格子の小袖を裾高に尻《しり》っ端折《ぱしょ》りし、豆絞りの手ぬぐいを肩にひっかけていた。妓夫《ぎゆう》らしい。この妓夫は、女郎屋の客引きである。

源九郎と孫六が店の前で歩調を緩め、店に目をやりながら歩いていると、妓夫が近付いてきた。

「おふたりさん、遊んでいかねえかい」

妓夫が、愛想笑いを浮かべて言った。

「……」

「いい女《たま》が、そろってやすぜ」

「遊喜楼とは、いい名だ。遊んでいきたくなる」

源九郎が言った。

「ヘッヘヘ……。いいのは、店の名だけじゃァありませんや。うちの女を拝んだら、旦那たちのように、ちょいと歳のいった方でも、奮い立ちやすぜ」

妓夫が揉み手をしながら言った。

「武士も来るのか」

「そりゃァもう、お大名もお旗本も、お忍びできやすからね。……旦那も、ちょいと遊んでいったらどうです」

そう言って、妓夫は源九郎の袂をつかもうとした。

「いや、今日は懐が寂しいのでな。また、来よう」

源九郎が素っ気なく言うと、途端に妓夫の態度が変わった。

「なんでえ、銭がねえのか」

妓夫は吐き捨てるように言って踵《きびす》を返すと、肩を振りながら店にもどった。

源九郎と孫六は遊喜楼の店先から離れると、

「なかなかの店だな」

と、源九郎が言った。

「深川でも、名の知れた女郎屋でさァ」

孫六が渋い顔をして、遊喜楼を振り返ってみた。妓夫の態度が、癪《しやく》に障ったのかもしれない。

「そう腹を立てるな。どうだ、この辺りで聞き込んでみるか」

源九郎が言った。

「へい」

「別々に、聞き込んでみないか」

源九郎は、遊喜楼の評判や噂などを訊くだけなので別々の方が埒《らち》が明くとみたのである。

「そうしやしょう」

源九郎と孫六は、一刻（二時間）ほどしたら、一ノ鳥居のところで会うことを約してその場で別れた。

源九郎はひとりになると、門前通りから脇の路地に入った。門前通りは大きな店が多く、かえって訊きにくかったのである。

源九郎は路地沿いにある下駄屋を目にとめ、店先に駒下駄を並べていたあるじ

らしい男に、

「あるじかな」

と、訊いた。

「あるじの元次郎《もとじろう》でございます」

「つかぬことを訊くが――」

源九郎が声をあらためて言った。

「何でしょうか」

元次郎は、二十代半ばと思われた。物言いが丁寧である。

「ちと、訊きづらいのだが……。表通りに、遊喜楼という女郎屋があるな」

「ございますが」

元次郎が、驚いたような顔をした。年寄りの武士が、いきなり女郎屋のことなど持ち出したからであろう。

「わしの知り合いの男の娘が、この辺りの女郎屋に売られてきたと聞いたのだが、遊喜楼のあるじは何という名かな」

源九郎は、まだ遊喜楼のあるじの名も知らなかったのだ。

「……いまは、勘兵衛《かんべえ》さんですよ」

元次郎の顔に、嫌悪の色が浮いた。

源九郎は元次郎が口にした、いまは、という言葉がひっかかった。以前は、勘兵衛が遊喜楼のあるじではなかったことになる。それに、元次郎は勘兵衛を嫌っているようだった。

「勘兵衛は、ちかごろ遊喜楼のあるじに収まったのか」

「二年ほど前に……」

元次郎よると、遊喜楼の前のあるじは平蔵《へいぞう》という年配の男で、人はいいのだが親から継いだ店だったこともあって、商売は熱心でなかったという。

平蔵は客の遊び人に博奕に誘われ、賭場に出かけるようになったそうだ。初めのうちは、遊び心で手慰みのつもりだったらしいが、しだいに深みに嵌《は》まり、賭場の貸元から借りた金が返せなくなった。

「てまえも、噂を聞いただけですがね。……それで、遊喜楼を手放す羽目になったようですよ」

元次郎が言った。

「すると、勘兵衛が賭場の貸元か」

さらに、源九郎が訊いた。

「いえ、貸元ではないようです。……なんでも、勘兵衛さんは、品川で女郎屋をやっていたとかで、遊喜楼を居抜きで買い取ったようです」

「わしの知り合いの娘は、まだ十四と若いのだがな」

源九郎は、春米屋のおすみのことを思い出して、歳を言ってみた。

「若い娘も多いようですよ。それも、素人の……」

元次郎が不愉快そうな顔をして言った。

……おすみは、遊喜楼に連れてこられたのかもしれぬ。

と、源九郎は胸の内で思ったが、推測だけで何の証《あかし》もなかった。

それから、源九郎は遊喜楼の奉公人のことや平蔵が出かけていた賭場のことなどを訊いてみたが、元次郎は言葉を濁した。確かなことは知らないようだったが、源九郎の問いに不審を抱いたせいもあるらしい。町方の訊問《じんもん》のように感じたのだろう。

「手間を取らせたな」

源九郎は、元次郎に礼を言って店先から離れた。

それから、源九郎は路地を歩き、話の聞けそうな店に立ち寄って訊いたが、探索の役にたつような話は聞けなかった。

源九郎は門前通りにもどって一ノ鳥居まで行くと、孫六が待っていた。

八

「歩きながら話すか」

源九郎が言った。

「へい」

ふたりは、門前通りを西にむかって歩いた。大川端に出て川上にむかい、はぐれ長屋のある相生町にもどるつもりだった。

掘割にかかる八幡《はちまん》橋を渡ると、人通りがすくなくなったので、

「まず、わしから話そう」

と言って、源九郎が下駄屋のあるじの元次郎から聞いたことを一通り話した。

「旦那、あっしも、遊喜楼のあるじの勘兵衛のことは聞きやしたぜ。……評判がよくねえ」

「わしが、話したことの他にも耳にしたことがあるのか」

源九郎が訊いた。

「へい、遊喜楼の女郎のことでさァ。若くて素人のような女がそろっているよう

でしてね。客のなかには、そうした素人臭い若い女を好む者も多く、だいぶ繁盛してるようですぜ」

「うむ……」

「それに、遊喜楼には、ならず者や牢人者も出入りしているようでさァ」

そう言って、孫六が源九郎に目をやった。

「春日屋のおすみも、遊喜楼に連れてこられたのかもしれんな」

「あっしも、そんな気がしやす」

「そうなると、賭場の貸元をしている権蔵も、遊喜楼と何かつながりがあることになるが」

おすみを駕籠で連れ去ったならず者たちが、おすみを遊喜楼に連れてきたとすれば、権蔵の指図があったからであろう。

「増田屋の件も、遊喜楼がかかわっていたようだし……。遊喜楼は、ただの女郎屋ではないようだな」

源九郎が言った。

「へい……」

孫六がうなずいた。獲物を追う猟犬のような目をしている。腕利きの岡っ引きだったころを思わせるような顔付きである。

「権蔵の賭場、女郎屋の遊喜楼、それに駒五郎という男の賭場も、どこかでつながっているような気がする」

源九郎は、そうした陰のつながりに不気味なものを感じた。得体の知れない巨《きょ》魁《かい》が、深川の闇世界を牛耳っているような気がしたのである。

「旦那、相撲の五平と似てやせんか」

孫六が声をひそめて言った。

「わしも、五平を思い出していたところだ」

「ですが、五平も子分たちも、まちがいなく死んでやすぜ。……五平が、あの世から舞い戻ったってえことはねえでしょうよ」

孫六の顔がこわばっていた。孫六も、得体の知れない不気味なつながりを感じているのだろう。

「五平が死んだのは、まちがいない。……だが、五平を知っている男が、同じような手口で、深川を支配しようとしているのかもしれん」

いずれにしろ、下手をすると、こっちが殺られる、と源九郎は思った。

源九郎と孫六は、永代橋のたもとを過ぎて、佐賀町に入った。すでに、暮れ六ツ（午後六時）を過ぎていた。大川端の通りは、淡い夕闇につつまれていた。通り沿いの店は表戸をしめ、人影もほとんどなかった。ときおり、遅くまで仕事をした出職の職人や仕事帰りに一杯ひっかけた男などが、通りかかるだけである。

左手には、大川の黒ずんだ川面がひろがっていた。日中は、猪牙舟、屋形船、箱船などが行き交っているのだが、いまは船影もなく川面だけが永代橋の彼方の江戸湊《みなと》までつづいている。

源九郎たちの足音と、汀《みぎわ》に打ち寄せる波音だけが聞こえていた。

「旦那、すこし急ぎやすか。暗くなる前に、帰《けえ》りてえ」

孫六が言った。

「そうだな」

ふたりは、すこし足を速めた。

いっとき歩くと、前方に仙台堀にかかる上ノ橋が見えてきた。

「旦那、柳の陰にだれかいやすぜ」

孫六が、前方を指差した。

見ると、橋のたもとの岸際に植えられた柳の樹陰に人影があった。ふたりだった。ひとりは武士らしい。大柄である。袴姿で、刀を帯びているのが見てとれた。武士は、頭巾をかぶって顔を隠している。

もうひとりは町人だった。手ぬぐいで頰っかむりし、着物を裾高に尻っ端折りしていた。

「辻斬りじゃァねえようだ」

孫六が低い声で言った。町人がいっしょにいたので、そう思ったようだ。

「わしらが、狙いかもしれんぞ」

源九郎は、辻斬りや追剝ぎの類ではないとみた。

「旦那、どうしやす」

孫六の声は、うわずっていた。

「いずれにしろ、相手はふたりだ」

源九郎の胸に、弥助や栄造の手先の左吉を殺した者たちのことがよぎった。

源九郎たちは足をとめなかった。しだいに、橋のたもとに近付いてきた。

ふたりが、樹陰に十間ほどに近付いたときだった。樹陰に身をひそめていた人影が動いた。

「だ、旦那、三人だ！」

樹陰から出てきたのは、三人だった。別の男がひとりいた。大柄な武士と町人の陰にいて、見えなかったらしい。別の男も武士だった。やはり、頭巾をかぶって顔を隠している。

三人は、源九郎たちのそばに小走りにむかってきた。

「だ、旦那、逃げやしょう」

孫六が踵を返そうとした。

「待て、わしらを襲う気はないようだぞ」

源九郎は、ふたりの武士に殺気がないのをみてとった。それに、源九郎と孫六の足では、逃げきれないだろう。

三人の男は、源九郎たちから五間ほどの間合をとって足をとめた。ふたりの武士は、両腕を脇に垂らしたままである。

「華町か」

大柄な武士が言った。眼光の鋭い男である。小袖に袴姿で、二刀を帯びていた。

もうひとりの武士は、牢人のようだ。小袖に袴姿だが、大刀を一本落とし差しにしている。

「いかにも」

どうやら、三人は源九郎の名を知っているようだ。

「此度《こたび》の件から、手を引け！」

大柄な武士が、静かだが強いひびきのある声で言った。

「断ったら」

「斬る。……華町、おれたちは、伝兵衛店の者たちが何をしようとしているか、すべて知っている。……菅井、茂次、三太郎、平太もな」

「なに！」

源九郎は驚いた。菅井はともかく、茂次たちのことまで知っているとは思わなかった。

「おぬしらに、痛い目に遭《あ》った者がいるのでな」

「……！」

相撲の五平のことが、源九郎の脳裏によぎった。

「手を引かねば、ひとりずつ殺す」

大柄な武士が、有無を言わせぬ強い声で言った。

……ただの脅しではない！

左吉を殺ったのは、この男たちだ、と源九郎は確信した。源九郎の身が竦《すく》んだ。源九郎はともかく、はぐれ長屋の男たちは守り切れないだろう。

源九郎と孫六が、その場につっ立っていると、

「いいな、手を引けよ」

大柄な武士が念を押すように言って踵を返した。

すると、牢人体の男と町人も踵を返し、上ノ橋のたもとを右手にむかった。

源九郎と孫六は、三人の男の姿が見えなくなるまで、その場から動けなかった。大川の轟々《ごうごう》という流れの音が、ふたりをつつむように聞こえていた。

第三章　魔　手

一

座敷は重苦しい雰囲気につつまれていた。酒の入った湯飲みが、男たちの膝先に置かれていたが、手を伸ばす者はいなかった。

そこは、はぐれ長屋の源九郎の家である。集まっているのは、源九郎、菅井、孫六、茂次、それに栄造だった。栄造は、孫六に呼ばれて来ていたのだ。

栄造は源九郎たちの仲間ではなかったが、此度《こたび》の件だけは源九郎たちと協力して探索にあたることになるだろう。それに、栄造には南町奉行所の同心、村上とつなぐ役割も担ってもらうことになる。

源九郎と孫六が、大川端で三人の男に待ち伏せされた翌日だった。

源九郎はそのときのやり取りを話した後、

「ただの脅しでは、ないぞ」

と、言い添えた。

「左吉のこともありやすからね」

茂次がきびしい顔をして言った。

「それに、やつら、おれたちのことをよく知ってるんだ。下手に動いたら、すぐ殺《や》られるぞ」

と、孫六。

次に口をひらく者がなく、座敷は重苦しい雰囲気につつまれたままだった。

栄造が何か思い出したように顔を上げ、

「実は、町方にも同じような動きがあるのだ」

と、小声で言った。

「どういうことだ」

源九郎が言い、菅井や孫六たちの目が栄造に集まった。

「三日前に、馬喰町《ばくろちょう》の勝造《かつぞう》という御用聞きが、牢人に斬られたのだ」

栄造が低い声で言った。

「いや、腕を斬られただけだ。……牢人は、わざと腕だけ斬ったらしい。勝造に、深川の件から手を引かなければ、殺す、と言って脅したそうだ」

「勝造という男は、何を探っていたのだ」

源九郎が訊《き》いた。

「権蔵の賭場でさァ。……今川町をまわって聞き込み、権蔵の子分をつきとめて追っていたらしい」

「それで、勝造は手を引くつもりなのか」

黙って聞いていた菅井が訊いた。

「その後、家から出ないらしいから、手を引いたとみていいようで」

「わしらにも、同じように手を引かせようとしたのだな」

源九郎が言うと、

「相撲の五平とそっくりだ！」

と、茂次が昂《たかぶ》った声で言った。

「そうだな」

相撲の五平も、探索にあたった岡っ引きたちを殺したり、脅したりして探索か

「死んだのか」

ら手を引かせようとしたのだ。

また、男たちは口をつぐんだ。それぞれの顔はこわばり、虚空を睨《にら》むように見すえている。

「……それで、どうするつもりだ。手を引くのか」

菅井が、男たちに目をやって言った。めずらしく菅井の声に、強いひびきがあった。

「わしは、手を引くつもりはないが……」

源九郎は、戸惑うように語尾を濁した。源九郎のように隠居した年寄りは、それほど惜しい命ではないが、家族を背負って生きている者はちがうだろう。自分だけの命ではないのだ。

「おれも、やる」

菅井が低い声で言った。

「あっしも、やりやすぜ」

茂次が、語気を強くして言った。

すると、孫六と栄造も、やる、と腹をかためたような顔をして言った。

「三太郎と平太には、わしから話してみよう」

源九郎は、ふたりがやると言っても、無理をさせないようにするつもりだった。

「それで、何から手をつけやす」

孫六が訊いた。

「栄造、腕を斬られた勝造という男だが、権蔵の子分をつきとめたそうだな」

源九郎は、栄造が口にしたことを思い出したのだ。

「そう聞いていやす」

「どうだ、勝造にひそかに会って、その子分のことだけでも訊けないかな」

源九郎は、その子分から権蔵の居所がつかめるのではないかと踏んだのである。

「聞けやす」

「やってみてくれんか。それに、捕縛は村上どのに任せることになるかもしれん」

源九郎は、権蔵を捕らえるのは町方の仕事だと思っていたのだ。

「承知しやした」

栄造がうなずいた。

「あっしらは、どう動きやすか」

茂次が訊いた。

「おすみの居所を、つきとめねばな。もうすこし、遊喜楼を探ってみるか。それに、駒五郎の賭場もつきとめたいな」

「駒五郎の賭場は、あっしがやりやすぜ」

栄造が言った。

「栄造は駒五郎の賭場を探っていたのだな」

源九郎は、駒五郎の賭場は栄造にまかせようと思った。

それから、五人でこまかい手筈《てはず》を相談した後、

「油断するなよ。いつでも、わしらを脅した者たちの目がひかっているとみていい」

源九郎が、念を押すように言った。

二

「華町の旦那、いやすか」

戸口で、男の声がした。

源九郎は朝めしを食い終え、井戸に水汲みに行こうとしていたところだった。湯を沸かして茶を淹《い》れようと思ったのだが、水甕《みずがめ》の水がほとんどなかったのである。

「だれかな」

源九郎は、手桶を手にしたまま訊いた。

「磯次でさァ」

「磯次か。入ってくれ」

すぐに、腰高障子があいて、磯次が顔を出した。ひとりである。

「何か用か」

源九郎は手桶を土間に置いて訊いた。

「ちょいと、旦那の耳に入れておきてえことがありやしてね」

磯次が声をひそめて言った。

「なんだ」

「一昨日《おとつい》、うろんな男を見かけたんでさァ」

「うろんな男とは?」

「手ぬぐいで頰っかむりした遊び人ふうの男が、長屋の路地木戸に目をやってたんでさァ」

　磯次によると、その男は、路地木戸から半町ほど離れた路地沿いの樹陰にいたという。

「その男は、長屋を見張っていたのだな」

　源九郎は、大川端で源九郎たちを待ち伏せしていた三人の仲間ではないかと思った。

「あっしは、しばらく様子を見てやした。……しばらくすると、茂次さんと平太さんが木戸から出て来やしてね。そいつは、ふたりの跡を尾《つ》け始めたんでさァ」

「なに、茂次たちの跡を尾けただと」

　源九郎の声が大きくなった。

　……まちがいない。大川端にいた三人の仲間だ。

　と、源九郎は思った。

「それで、どうした」

「あっしも気になりやしてね。……そいつの跡を尾けたんで」

　磯次が話したことによると、竪川沿いの通りまで男の跡を尾けたが、通りに出ると、男は茂次たちの跡を尾けるのをやめ、一ツ目橋を渡っていったという。

茂次たちの跡を尾けたのではないらしい、と磯次は思い直して長屋にもどったそうだ。

「それでも、気になりやしてね。華町の旦那の耳にだけは、入れておこうと思ってこうして……」

「茂次たちには、わしから話しておこう」

「旦那は、これから出かけるんですかい」

磯次が訊いた。

「いや、水汲みだ。……おまえは、仕事に行かないのか」

「へい、いまの仕事が終わりやしてね。次の仕事にかかるには、まだ三日ほど間があるんでさァ。……旦那、あっしにできることがあれば、やりやすぜ」

磯次が勢い込んで言った。

「いまはないな」

源九郎は、いつ命を狙われるか分からない状況のときに、磯次に探索を頼むわけにはいかないと思った。

「旦那、何かあったら、あっしにも声をかけてくだせえ。あっしも、旦那たちといっしょに弥助さんの敵《かたき》を討ってやりてえ」

「そのうち、頼むかもしれん」

源九郎は手桶を持って戸口から出た。

「あっしは、これで」

そう言い残し、磯次は戸口から小走りに離れていった。


井戸端で、お熊、おまつ、およの三人が立ち話をしていた。そばに手桶が置いてあるので、水汲みに来て顔を合わせ、おしゃべりを始めたらしい。およは、ぼてふりの女房である。

「おや、旦那、水汲みで？」

お熊が訊いた。

「見れば、分かるだろう」

源九郎が釣瓶《つるべ》を手にしようとすると、

「旦那、知ってます？」

おまつが源九郎に近寄り、声をひそめて言った。

「何の話だ？」

「おきくさんと、磯次さんのことですよ」

おまつが言うと、お熊とおとよも目をひからせて源九郎に一歩身を寄せた。

「ふたりが、どうかしたのか」

源九郎は釣瓶に手をかけたまま訊いた。

「できてるらしいですよ」

「できてるだと」

源九郎が聞き返した。

「そうなんですよ、あたし、見たんです。ふたりが、暗くなってから稲荷の前で話してるのを……」

おまつが言うと、すぐにおとよが身を乗り出し、

「あたしも、見たんですよ」

と言って、源九郎に目をむけた。

「おまえも、ふたりが稲荷の前で話してるのを見たのか」

「あたしは、稲荷の前じゃァないのよ。……一ツ目橋の近くで、ふたりが身を寄せて歩いているのを見たの」

おとよが目をひからせて言った。

「まァ、若いふたりだ。……めくじらを立てるようなことではあるまい」

源九郎は、釣瓶を井戸に落として水を汲んだ。

「あたしらは、めくじらを立ててるわけじゃァないんですよ。ただね、逢引するなら、長屋のみんなの目にとまらないところでやってもらいたいと思ってね。……おしげちゃんやおゆきちゃんなんか、気を落として家に籠《こも》ってるんだから」

おまつが、口をとがらせて言った。

「おまえたちも、気を落としてるのではないのか」

源九郎は気のない声で言って、釣瓶の水を手桶に移した。

「やだ！　あたしら、若い娘《こ》とはちがうよ」

お熊が源九郎の肩をたたいて、声を上げた。

「そうだな。若い男が、気になるような歳じゃァないな」

源九郎が、手桶を手にしてその場を離れようとすると、

「旦那ァ、お吟《ぎん》さんに、よろしくね」

お熊が声を上げ、女三人で下卑《げび》た笑い声を上げた。

お吟は、深川今川町にある小料理屋、浜乃屋《はまのや》の女将《おかみ》である。源九郎は浜乃屋を馴染《なじ》みにしていて、お吟とは長い付き合いだった。お吟はときどき長屋にも顔を出すので、お熊たち女房連中も源九郎とお吟の仲を知っていた。

三

茂次と平太は、大川端の通りを川上にむかって歩いていた。そこは、深川佐賀町である。ふたりは、永代寺門前町に行き、遊喜楼のことを聞き込んだ帰りだった。

まだ、暮れ六ツ（午後六時）前だったが、曇天のせいか、辺りは夕暮れ時のように薄暗かった。ふだんは人通りがあるのだが、今日はいまにも雨の降りそうな空模様のせいか、いつもより人影がすくなかった。それでも、通り沿いの店はひらいていて、客の姿も目にとまった。

「茂次兄い、伊勢次《いせじ》はおすみさんのことを知っているかもしれやせんね」

歩きながら、平太が言った。

平太は若く、まだ十代半ばだった。茂次のことを兄い、と呼んでいる。動きが敏捷《びんしょう》で、足が速いことからすっとび平太と呼ばれている。

「もうすこし、伊勢次を探ってみるか」

茂次と平太は、昼前から遊喜楼付近で聞き込み、伊勢次という遊び人が遊喜楼に出入りし、他の遊び人や牢人ふうの武士と、町を歩いているのを見かけたという話を耳にした。その後、伊勢次の塒《ねぐら》が、深川蛤町《はまぐりちよう》にあることも聞き込んでいた。

「明日も、蛤町へ行きやすか」

平太が勢い込んで言った。

「その前に、華町の旦那に話しておこう」

「分かりやした」

ふたりは、そんな話をしながら大川端の道を急ぎ足で歩いた。

源九郎たちと探索のことで話したおり、源九郎から日没前の人通りのあるうちに長屋へ帰るように念を押されていたのだ。

前方に仙台堀にかかる上ノ橋が見えてきたとき、

「兄い、後ろのふたり、永代橋の近くでも見かけやしたぜ」

と、平太が茂次に身を寄せて言った。

茂次は後ろを振り返った。半町ほど後ろを遊び人ふうの男がふたり、歩いてくる。ふたりとも手ぬぐいで頰っかむりし、小袖を裾高に尻《しり》っ端折《ぱしょ》りしていた。薄暗いせいか、ふたりの両脛《りようすね》が白く浮き上がったように見えた。

「ふたりだけだな」

「ふたりだけで、おれたちを襲うことはあるめえ」

茂次が言った。ふたりとも町人だった。付近に、武士らしい男の姿がなかった。茂次は源九郎たちの話を聞いて、襲うのは武士だろうとみていたのだ。

それでも、茂次たちは足を速めた。上ノ橋を渡ってすぐに振り返ってみると、ふたりの男は橋の上にいた。茂次たちとの距離は、ほとんど変わらない。

……やつら、おれたちを尾けている！

と、茂次は察知した。

「平太、急ぐぞ」

「合点で」

ふたりはさらに足を速めた。

いっときして振り返ると、背後の男も急ぎ足になっている。距離が離れるどころか、近付いたように感じられた。

「やろう、おれたちを襲う気だ！」

茂次は、ふたりが跡を尾けているのではないと思った。すでに、ふたりは茂次たちが気付いたことを知っている。それでも跡を追い、間をつめてきたのだ。

「逃げるぞ」

茂次が言った。

「へい！」

茂次と平太は走りだした。

前方に小名木川にかかる万年橋が見えてきた。その手前に、大名の下屋敷がある。

茂次たちが下屋敷に近付いたとき、ふいに屋敷の築地塀《ついじべい》の陰から人影が通りにあらわれた。ふたり、武士体である。

茂次と平太の足がとまった。ふたりの武士は、網代笠《あじろがさ》をかぶっていた。ひとりは大柄である。刀の柄《つか》に手をかけていた。

「兄い！　待ち伏せだ」

平太がひき攣《つ》ったような声を上げた。

「ちくしょう！　おれたちを殺す気だ」

茂次は前方の武士ふたりが、刀を抜こうとしているのを目にした。ふたりは刀の柄に右手を添え、足早に近付いてくる。大柄な武士と別のひとりは、牢人らしかった。大刀を一本だけ落とし差しにしている。

平太が後ろを振り返り、

「後ろからも走ってくる！」

と、甲走った声を上げた。

後ろのふたりが匕首《あいくち》を手にして、走りだした。

前からふたりの武士、背後からふたりの遊び人ふうの男——。四人は、見る間に茂次たちに迫ってきた。

……後ろのふたりの間を、すり抜けるしかねえ！

と、茂次は踏み、懐から匕首を抜いた。こんなときのため、忍ばせてきたのである。

茂次は反転し、

「平太！　ふたりの間をすり抜けろ」

と叫んで、走りだした。

平太も走った。駿足の平太は、すぐに茂次に並んだ。

背後から来たふたりの遊び人ふうの男が、足をとめた。一瞬、驚いたようにふたりで顔を見合ったが、

「殺《や》っちまえ！」

と、川岸近くにいた中背の男が声を上げ、腰を沈めて身構えた。

道のなかほどにいた小太りの男も、匕首を胸の前に構えて立った。

茂次と平太は、ふたりの遊び人ふうの男に迫っていく。

「平太！　脇をすり抜けろ」

叫びざま、茂次は中背の男の正面に走り寄った。

平太は茂次の右手を走った。川岸のすぐそばである。

いきなり茂次は、

「やろう！」

と一声叫び、走りざま中背の男にむかって匕首を突き出した。

瞬間、中背の男は左手に跳びざま、手にした匕首を横に払った。野犬を思わせるようなすばやい動きである。

ザクリ、と茂次の左袖が裂け、二の腕から血が迸《ほとばし》り出た。

かまわず、茂次は前に走り、

「平太、つっ走れ！」

と叫んだ。

平太は岸際を走った。迅《はや》い！　すっとび平太と呼ばれるだけあって、見る間に中背の男との間がひらいていく。

茂次も、中背の男の脇をすり抜けて前に走った。だが、それほど足は速くなかった。

「逃がすか！」

すぐに、中背の男が後を追ってきた。

小太りの男も、反転して走りだした。その背後から、ふたりの武士が追ってくる。

茂次は平太ほど足が速くなく、左腕には激痛があった。必死で走ったが、中背の男との間は迫ってきた。

茂次は背後に迫ってくる足音を聞き、

……このままじゃァ、逃げられねえ！

と、察知した。

茂次は、右手にひろがる大川の黒ずんだ川面に目をやり、一か八か川に飛び込んで逃げようと思った。

茂次は川岸に寄り、川面にむかって跳んだ。

バシャッ、と水飛沫《みずしぶき》が上がり、茂次の体は水中に落ちた。

四

水深は、茂次の胸ほどだった。流れはゆるやかである。

「あそこだ！」

川岸に立った中背の男が叫んだ。

もうひとりの町人と武士ふたりが、中背の男の背後に走り寄ってきた。

茂次は流されながらも、三人の男から逃げるように川のなかほどにむかった。

そのとき、前方を走っていた平太が足をとめ、川岸に近付くと、

「兄い！」

と一声叫び、いきなり川面に身を投じた。

……あの馬鹿！　走って逃げりゃァいいのに。

茂次は胸の内で毒づき、川底を蹴るようにして平太の方にむかった。

「追え！　逃がすな」

岸際にいた武士が叫んだ。

三人の男は、茂次と平太に目をむけながら岸際を小走りに下流にむかった。

平太がいる辺りは、すこし浅いらしく水深が腹ほどだった。平太は流れに逆ら

うように立っているが、すこしずつ下流に流されていく。

それでも、いっときすると、茂次は平太に追いついた。

「兄い！　傷は」

平太が心配そうな顔をして訊いた。

「おれの傷より、ここから逃げることが先だ。やつら、まだ、追ってくるぞ」

見ると、三人の男はすぐ近くまで来ていた。ただ、川に飛び込む気はないらしく、川岸から茂次たちを見ている。

「やつら、おれたちが、川から上がるのを待ってるんだ」

茂次が言った。

「ど、どうしやす。……向こう岸までは行けねえ」

平太が声を震わせて言った。

それでも、茂次たちは三人からすこしでも遠くに逃げようと、川のなかほどにむかった。水深は増し、流れも強くなってきた。

「兄い、舟だ！」

平太が叫んだ。

見ると、上流から猪牙舟《ちょきぶね》が下ってくる。客はいなかった。舟にいるのは、艫《とも》に立っている船頭ひとりである。船宿の舟らしい。吉原へ客を送った帰りではあるまいか。

「た、助けてくれ！」

平太が両手を振って叫んだ。

船頭は川のなかにいる平太と茂次に気付くと、驚いたような顔をし、水押《みよし》をふたりの方に寄せてきた。

「どうした？」

船頭が訊いた。

「追剝《おいは》ぎに襲われ、川へ飛び込んだんだ」

茂次が、右手を上げて四人のいる川岸を指差した。

船頭は、岸際に立ってこちらに目をむけている四人に気付くと、

「舟の縁《へり》につかまれ」

と、声をかけた。

茂次と平太が船縁につかまると、船頭は棹《さお》を巧みに使って、舟を流れの緩やかな場所へ移動させた。そして、棹を置くと、まず平太の手を摑《つか》んで足が船縁にかかるまで引き上げた。平太は船縁に腹這《はらば》いになってから、船底に転がり落ちた。

そして、すぐに立ち上がると、船頭とふたりで茂次を引き上げた。

「おい、怪我をしたのか」

船頭は、茂次の左腕から血が流れているのを見て、驚いたような顔をした。

「やつらに、やられたのよ」

茂次は、川岸に目をやった。

すでに、四人の姿はなかった。おそらく、茂次と平太が舟に助け上げられたのを見て、立ち去ったのだろう。

「すまねえが、一ツ目橋辺りまで連れてってくれ」

茂次は、船頭に頼んだ。

「いいよ。舟なら、すぐだ」

船頭は艫に立つと、棹を使って水押を川上にむけた。

茂次と平太が、はぐれ長屋に着いたのは、辺りが夜陰につつまれてからだった。ひどい恰好《かっこう》である。ふたりは濡れ鼠になり、裸足《はだし》だった。しかも、元結《もとゆい》が切れてざんばら髪である。茂次の片袖が裂けてぶら下がっていた。

「ど、どうしたんだい！」

ふたりの姿を見て、声を上げたのは、おとしという長屋の女房だった。おとしの家は、路地木戸に一番近いところにあった。おとしは味噌を借りに隣の家へ行こうとして腰高障子をあけ、外へ出たところで茂次たちと顔を合わせたのである。

「でけえ声、出すな。川に落ちたのよ」

茂次が言った。

「だ、だって、腕が血だらけじゃないか」

おとしは、茂次がとめるのも聞かず、

「大変だよ！　茂次さんと平太さんが、怪我したよ」

大声を上げながら、お梅のいる茂次の家の方へ駆けだした。お梅に、知らせに行くつもりらしい。

そのとき、源九郎は座敷で茶を飲んでいた。夕めしを食った後、めずらしく茶を淹れたのである。

源九郎は、おとしの声を耳にし、

……何かあったようだ。

と思い、湯飲みを置いて立ち上がった。

腰高障子をあけて外に出ると、長屋の家々の戸口から顔を覗《のぞ》かせている住人たちの姿が見えた。お熊と亭主の助造の姿もあった。

「華町の旦那、何があったんで」

助造が訊いた。

「分からん。ともかく、茂次の家に行ってみよう」

源九郎は茂次の家の方へ足をむけた。

「あたしらも、行くよ」

お熊が言い、助造とふたりで源九郎の後についてきた。

途中、菅井とも行き合った。

「華町、茂次が怪我をしたようだぞ」

菅井が、顔をけわしくして言った。菅井も、おとしの声を聞いたらしい。

五

茂次の家の戸口に、長屋の女房連中や男たちが集まっていた。三太郎と孫六、それにおきくと磯次の姿もあった。

「前をあけてくれ」

源九郎が声をかけると、戸口にいた女房連中が左右に身を引いて通してくれた。孫六と三太郎がつづき、お熊と助造もついてきた。

座敷には、茂次、平太、お梅、それにおとしの姿もあった。茂次と平太はざんばら髪で、褌《ふんどし》ひとつの恰好だった。脇に濡れた着物がまるめて置いてあった。ふたりの濡れた着物を脱がせたのだろう。

茂次は浴衣を肩にかけていた。左腕が血に染まっている。

お梅が、茂次の左腕を見ながら、

「お、おまえさん、ひどい血だよ。……東庵《とうあん》先生を、呼ぼうか」

と、紙のように蒼《あお》ざめた顔で訊いた。

東庵は、本所相生町に住む町医者だった。はぐれ長屋のような貧乏長屋にも来て診てくれる。長屋の者は、医者を呼ぶような病気や怪我のおりに東庵を呼ぶことが多かった。

お梅が東庵のことを口にしたとき、茂次が源九郎たちに気付き、

「華町の旦那、面目ねえ。このざまだ」

と、照れたような顔をして言った。

「傷を見せてくれ」

源九郎は下駄《げた》を脱いで、すぐに座敷に上がった。

菅井や孫六たちも、つづいて座敷に上がり、茂次と平太のまわりに集まった。

源九郎は茂次の傷に目をむけた。左の二の腕が横に裂け、血が流れ出ている。

……それほど、深い傷ではない。

と、源九郎はみた。

「左腕は動くか」

源九郎が訊いた。

「動きやす」

茂次は左腕を動かして見せた。

「東庵先生を呼ぶほどの傷ではないな。……出血さえとまれば、大事になるようなことはないだろう」

源九郎が言うと、お梅は安心したのか表情をやわらげた。

「お熊、おとしとふたりで長屋をまわり、酒と晒《さらし》、それに金創膏《きんそうこう》を集めてきてくれ」

源九郎が言った。

「すぐに、集めてくるよ」

おとしが立ち上がり、土間にいたお熊とふたりで戸口から出ていった。傷口を洗うための水を汲みにいったのである。

そうしている間に、菅井と孫六とで、小桶に水を汲んできた。傷口を洗うため
である。

「お梅、手ぬぐいか、古い浴衣があるか」

源九郎は、水で傷口の血を洗い流し、拭き取ろうと思ったのである。

「あ、あります」

お梅は慌てた様子で立ち上がり、部屋の隅にあった長持ちから、古い浴衣を引き出してきた。

「菅井と孫六も、手伝ってくれ」

源九郎はふたりにも手伝ってもらい、茂次の傷口を洗い、古い浴衣で汚れた血を拭きとった。そうこうしているところに、お熊たちが貧乏徳利の酒、晒、それに貝殻に詰めた金創膏を持ってもどってきた。

源九郎は酒で傷口を洗った後、晒を折りたたみ、その上に金創膏を塗った。そして、傷口に当てると、別の晒を幾重にも巻いて強く縛った。

「これでいい。……しばらく、腕を動かさないようにしていれば、血もとまるはずだ」

源九郎が言うと、

「……み、みなさん、ありがとうございます」

お梅が、涙声で源九郎をはじめ座敷にいた者たちに頭を下げた。

源九郎は戸口に集まっている長屋の者に目をやり、

「みんなは茂次の恰好と血を見て驚いたのだろうが、手当てしたから心配ない。……今日のところは、これで引き上げてくれ」

と、声をかけた。

集まっていた住人たちは、ほっとしたような顔をし、ふたり、三人と戸口から離れていった。

座敷にいたお熊が「明日、様子を見にくるよ」と言い置いて腰を上げると、おとしも立ち上がった。

お熊たちが腰高障子をあけて出て行くと、

「茂次、何があったのだ」

と、源九郎が声をあらためて訊いた。

「遊喜楼を探りにいった帰《けえ》りに、大川端で襲われたんでさァ」

茂次と平太が、そのときの様子を話した。

「へい、ふたり、二本差しがいやした」

茂次がひとりは大柄な武士で、もうひとりは牢人ではないかと言い添えた。

「それにしても、茂次たちのことがよく分かったな。用心して、動いたはずだがな」

源九郎が言った。

「あっしらも、探っているのが気付かれねえように気を使ったんですがね」

茂次が首をひねった。

「長屋が、見張られているのかもしれんぞ。……磯次が、それらしい男を目にしているしな」

源九郎が、磯次に聞いたことを話した。

「迂闊《うかつ》に、長屋を出られねえってことですかい」

茂次が言った。

「長屋を見張ってるやつを、つかまえたらどうだ」

と、菅井。

「それも手だな。……どうだ、茂次、しばらく路地木戸の辺りに目を配ってもらえんか」

源九郎は、茂次の腕の傷が癒えるまであまり動いて欲しくなかったのだ。

「承知しやした」

茂次がうなずいた。

「ところで、遊喜楼を探って何か知れたのか」

源九郎が声をあらためて訊いた。

「へい、伊勢次ってやろうが、おすみさんのことを知ってるんじゃァねえかと、睨んでるんでさァ」

茂次が、伊勢次に目をつけ、明日も深川へ平太とふたりで行って探るつもりでいたことを話した。

「平太、それで伊勢次の塒《ねぐら》は分かっているのか」

源九郎が訊いた。

「へい、蛤町の黒船橋の近くの長屋だと聞きやした」

深川蛤町は永代寺門前町の東方で、掘割沿いにひろがっている町である。また、黒船橋は、蛤町の掘割にかかっている。

「何という店だ」

「源兵衛店《げんべえだな》でさァ」

すぐに、平太が言った。

「よし、明日、わしらが蛤町へ行こう」

源九郎が、茂次と平太に目をやって言った。

六

源九郎は路地木戸から出ると、

「どうだ、うろんな者はいないか」

と、左右に目をやりながら訊いた。

「それらしいのは、いないぞ」

菅井が言った。

源九郎、菅井、平太、茂次の四人は、路地木戸から出たところで路地の左右に目をやった。長屋を見張っている者がいないか、確かめたのである。

「いつも、見張っているわけではないようだ」

源九郎が言った。

「しばらく、あっしがこの辺りに目を配りやすよ」

茂次は、左腕の傷の出血がとまり、傷口が塞がるまで長屋から出歩かないことにしたのである。

「そうしてくれ」

源九郎、菅井、平太の三人は、路地木戸から離れた。

源九郎たちは茂次たちを襲った四人組のことも考え、菅井もいっしょに行くことにしたのだ。源九郎は菅井がいれば、何とか四人組に立ち向かえると踏んだ。

平太は案内役である。

源九郎たちは一ツ目橋を渡って大川端に出ると、川下にむかって歩いた。平太は背後が気になるのか、ときどき目をやっている。

「尾けている者は、いないぞ」

菅井は、竪川沿いの道に出たときから背後を確かめていた。

「今日は、尾けられてないようだ」

源九郎も、尾行者はいないとみていた。

三人は、永代橋のたもとを過ぎ、相川町《あいかわちょう》に入ってしばらく歩いたところで、左手の大きな通りをまがった。その通りは、富ヶ岡八幡宮の門前通りにつづいている。

門前通りの一ノ鳥居をくぐって間もなく、

「こっちで」

平太が言って、右手の路地に入った。

路地をいっとき歩くと、掘割に突き当たった。源九郎たちは掘割沿いの道を東にむかった。

「この辺りが、蛤町でさァ」

平太が、路傍に足をとめて言った。

「源兵衛店は、どこか訊いてみるか」

源九郎は店名《たなめい》が知れているので、すぐに分かるだろうと思った。

「あっしが、そこの八百屋で訊いてきやすよ」

すぐに、平太が走りだした。

道沿いに小体《こてい》な八百屋があった。店先にはだれもいなかったが、店内にはいるだろう。

平太は店のなかに入り、いっときして出てきた。源九郎たちの方へ走ってくる。よく走る男である。

「旦那、知れやしたぜ」

平太が息を弾ませて言った。

「近くか」

「ここから、二町ほど行った先でさァ」

そう言って、平太が先に立った。

掘割沿いの道を二町ほど歩くと、長屋の路地木戸があった。

「ここだな」

源九郎が路傍に足をとめて言った。

「どうする。踏み込むか」

菅井が訊いた。

「伊勢次がいるかどうか探ってからだが……」

源九郎は、長屋に踏み込むかどうか迷った。源九郎、菅井、平太の三人が、長屋に入って伊勢次のことを訊いたら、住人たちは不審の目をむけるだろう。伊勢次が逸早《いちはや》く察知して、姿を消すかもしれない。

「その米屋で訊いてみるか」

路地沿いに、舂米屋《つきごめや》があった。店内の唐臼《からうす》のそばに、あるじらしい男がいるのが見てとれた。

源九郎が店に入り、四十がらみと思われるあるじらしい男に、

「つかぬことを訊くが」

と、声をかけた。菅井と平太は戸口で待っている。

「何でしょうか」

男は不審そうな顔をして源九郎のそばにきた。いきなり、老武士が店に入ってきたからであろう。

「この先に、源兵衛店があるな」

「ございますが」

「実は、わしの知り合いの娘が、長屋に住む伊勢次という男とまちがいを起こしたらしいのだ」

源九郎が、適当な作り話を口にした。

「伊勢次が――」

あるじの顔に嫌悪の色が浮いた。伊勢次のことをよく思ってないようだ。

「それで、伊勢次はいまも長屋にいるのだな」

源九郎が念を押すように訊いた。

「いますよ」

「独り者か」

「そ、それが、ちかごろ、女を長屋に引き込んで……」

男が口ごもった。

「その女は、わしの知り合いの娘ではないぞ。知り合いの娘は、家にいるからな」

「年増《としま》でさァ」

「なんというやつだ。女がいながら、知り合いの娘を騙《だま》したのだな」

源九郎は怒ったような口振りで言った。

「…………」

男は口をとじたまま困ったような顔をした。

「それで、伊勢次の生業《なりわい》はなんだ」

「まともな仕事はしてないようで……。昼間から家にいることが多いようですよ」

「うむ……。遊び人の上に、女まで誑《たぶら》かしておるのか」

源九郎は渋い顔をして見せた。なかなかの役者である。

「旦那の知り合いの娘さんですが、伊勢次のことは諦めた方が……」

男が上目遣いに源九郎を見ながら言った。

「そうだな。……ところで、わしはまだ伊勢次と会ったことがないのだが、いくつぐらいなのだ」

「二十二、三でしょうか」

「体付きは？」

源九郎は、伊勢次の体軀《たいく》や容貌も聞いておこうと思ったのだ。

男によると、伊勢次は痩身で、面長、目の細い男だという。

「手間を取らせたな。……知り合いの娘に、伊勢次は諦めるように話そう」

そう言い置いて、源九郎は店の外に出た。

店先から離れると、

「華町、うまく聞き出したな。……長屋にくすぶらせておくのは惜しい。御用聞きもつとまるぞ」

菅井が感心したように言った。

七

源九郎、菅井、平太の三人は掘割沿いの通りにもどり、そば屋に入って遅い昼食をとりながら、伊勢次をどうするか相談した。

「しばらく、尾けてみるか」

菅井が言った。

「仲間が知れるかもしれんな」

そう言ったが、源九郎は伊勢次を尾行することに懸念があった。源九郎、菅井、平太、孫六、三太郎の五人が交替して伊勢次を尾けたとしても、すぐには伊勢次の仲間が知れるとは思えなかった。その間に、源九郎たちを待ち伏せしていた者たちに襲われるかもしれないのだ。今度は、脅しだけではすまないだろう。いきなり、命を狙ってくるとみなければならない。

「命がけだぞ」

源九郎は、菅井と平太に懸念を話した。

「華町の言うとおりだな。……どうだ、伊勢次を捕らえて口を割らせるか」

菅井が目をひからせて言った。

「それも手だが、町方ではないからな」

「弥助の敵を討つためだとでも言えばいい。……おれは、弥助殺しも伊勢次は知っているとみるがな」

「よし、伊勢次を捕らえよう」

「これから、長屋に踏み込むか」

菅井が勢い込んで言った。

「駄目だ。ここで、やつを押さえても、どうやって長屋まで連れて行くのだ。町中を、相生町まで連れていくわけにはいくまい」

それこそ、町筋で好奇の目に晒される。すぐに、伊勢次の仲間の耳に入るし、町方としても顔を潰されたことになり、おもしろくないだろう。下手をすると、弥助殺しやおすみが攫《さら》われた件から手を引くかもしれない。

「夜しかないな」

源九郎は栄造にも話し、夜陰にまぎれて、ひそかにはぐれ長屋まで連れていくしかないと思った。そして、伊勢次が弥助や栄造の手先の左吉を殺した件にかかわっていることが知れれば、栄造に渡せばいいのである。

「よし、夜やろう」

菅井が語気を強くして言った。

源九郎たち三人は、いったん長屋にもどった。平太を伊勢次の見張り役に残しておこうと思ったが、伊勢次の仲間に襲われる恐れがあったので連れて帰った。

長屋にもどった源九郎たちは、すぐに孫六と平太を栄造の許に走らせた。すでに、陽は沈んでいたが、栄造に話しておく必要があったのである。

翌日、源九郎と菅井は、本所元町《もとまち》の竪川沿いにある船宿、藤乃屋《ふじのや》から相応の金を出して猪牙舟を一艘借りた。深川蛤町に行き来するのに舟を使おうと思ったのだ。

相生町から深川蛤町まで、竪川から大川に出て掘割をたどれば、ほとんど歩かずに着ける。

その日、陽が西の空に沈みかけたころ、一ツ目橋近くにある桟橋に七人の男が集まった。源九郎、菅井、平太、孫六、三太郎、栄造、それに松吉《まつきち》という三十がらみの男だった。松吉は、栄造が連れてきた近くに住む船頭である。

松吉が舫《もや》ってある猪牙舟の艫に立って、

「乗ってくだせえ」

と、源九郎たちに声をかけた。

松吉は、源九郎たちが舟に乗り込むと、棹をとって船縁を桟橋から離した。

源九郎たちの乗る舟は竪川から大川に出ると、水押を川下にむけた。舟は大川の川面をすべるように下っていく。

舟は永代橋をくぐり、深川の地を左手に見ながら進んだ。その辺りは深川相川町で、その先に熊井町《くまいちよう》の家並がつづいている。

熊井町の近くまで来ると、前方に大名の下屋敷が見えてきた。その脇が、掘割になっている。

松吉は巧みに櫓《ろ》を漕ぎ、舟を掘割に入れた。そして、しばらく掘割をたどった後、左手にあった船寄に船縁を寄せた。

「蛤町ですぜ」

松吉が声を上げた。

船縁が船寄に着くと、源九郎たちは次々に舟から跳び下りた。

「松吉、すまねえが、ここで待っててくれ」

栄造が松吉に声をかけた。

源九郎たちは、捕らえた伊勢次を舟に乗せて相生町まで連れて帰ることにしてあったのだ。

源九郎は船寄に下り立つと、

「平太、三太郎とふたりで先に行き、伊勢次が長屋にいるか確かめてくれ」

と、頼んだ。源九郎は、伊勢次がいるかどうか気になっていたのである。いなければ、明朝まで伊勢次がもどるのを待つ覚悟で来ていた。

「へい」

すぐに、平太と三太郎が駆けだした。

平太たちの姿が遠ざかると、源九郎が、

「こっちだ」

と言って、先に立った。

源九郎、菅井、孫六、栄造の四人は、掘割沿いの道を東にむかった。すでに暮れ六ツ（午後六時）を過ぎていた。掘割沿いの道は淡い夕闇に染まっている。道沿いの店は表戸をしめてひっそりしていた。人影も、ほとんどない。ときおり、遅くまで仕事したらしい職人ふうの男や船頭などが、通りかかるだけである。

源九郎たちは、見覚えのあるそば屋の前まで来た。昨日、そばを食べながら相談をした店である。

そば屋は、まだ店をひらいていた。暖簾《のれん》のかかった店先から淡い灯《ひ》が洩《も》れ、客の談笑の声が聞こえた。そば屋の前を通り過ぎると、走ってくる人影が見えた。平太である。すっとび平太と呼ばれるだけあって、足は速い。

平太は源九郎のそばに走り寄ると、

「だ、旦那、伊勢次はいやすぜ」

と、息を弾ませて言った。

平太によると、長屋の路地木戸から入り、井戸端にいた女房に訊くと、伊勢次の家を指差して教えてくれたという。すぐに、平太と三太郎は、足音を忍ばせて教えられた家の前に行ってみた。すると、腰高障子の向こうから男と女の声が聞こえた。平太は、伊勢次は家にいるとみて、三太郎を残してもどってきたという。

「三太郎は、伊勢次を見張っているのだな」

源九郎が訊いた。

「へい」

「よし、行こう」

源九郎たちは平太につづいて源兵衛店にむかった。

八

「障子が破れているのが、やつの家でさァ」

三太郎が指差して言った。

源九郎たちは、井戸端に近い棟の角に来ていた。手前からふたつ目の家の腰高障子が所々破れ、ヘラヘラと風に揺れていた。その破れ目から、淡い灯が洩れている。そこが、伊勢次の家らしい。

源九郎は周囲に目を配った。変わった様子はない。源兵衛店は、濃い夕闇につつまれていた。長屋のあちこちから、子供を叱る女房の甲高い声、赤子の泣き声、男の笑い声などが聞こえてきた。働きに出ていた亭主が帰る夕餉《ゆうげ》のころで、長屋はいまが一番騒がしいときかもしれない。

「覗いてみよう」

源九郎たちは足音を忍ばせて、腰高障子に近付いた。

障子の破れ目から覗くと、土間の先の座敷に、箱膳を前にしてめしを食っている男の姿が見えた。女の姿はなかった。土間の脇で水を使う音がするので、女は流し場で洗い物でもしているのかもしれない。

「踏み込むぞ」

源九郎が小声で言い、腰高障子をあけはなった。

源九郎、菅井、栄造の三人が、土間に踏み込んだ。孫六たち三人は、戸口をかためている。

「な、なんだ、てめえたちは！」

伊勢次が怒声を上げ、腰を浮かせた。細い目がつり上がり、箸を握った手が震えている。

「伊勢次、神妙にしろ！」

栄造が、十手を伊勢次にむけた。

そのとき、土間の隅の流し場に立っていた女が、ヒッ、と喉のつまったような悲鳴を上げ、土間から表へ飛び出そうとした。

「孫六、女を押さえろ」

源九郎が声を上げげた。女が騒ぎだすと、長屋の住人たちが集まってくる恐れがあったのだ。

すぐに、孫六と三太郎が土間に踏み込み、女の両腕をつかんで押さえつけた。

「ちくしょう！」

伊勢次が、懐から匕首を取り出した。栄造の縄を受ける気はなさそうだ。

「おれに、まかせろ」

言いざま、菅井は座敷に踏み込んだ。

菅井は左手で刀の鯉口《こいぐち》を切り、右手を柄に添えると、居合腰に沈めた。

伊勢次は匕首を前に突き出すように構え、腰を引いていた。恐怖と興奮で体が顫《ふる》えている。手にした匕首も震え、行灯《あんどん》の灯を乱反射してにぶくひかっている。

菅井は居合の抜刀体勢をとったまま、足裏で畳を摺《す》りながら伊勢次に迫った。

「死ね！」

叫びざま、伊勢次が一歩踏み込み、匕首を突き出した。

刹那《せつな》、シャッ、という刀身の鞘《さや》走《ばし》る音がし、閃光《せんこう》が逆袈裟《ぎやくげさ》にはしった。菅井が右手に体《たい》をひらきざま、居合の抜きつけの一刀をはなったのである。

キーンという甲高い音がひびき、伊勢次の匕首が虚空に飛んだ。菅井の刀身が匕首をはじき上げたのだ。

次の瞬間、菅井は刀身を峰に返しざま横に払った。逆袈裟から横一文字に――。一瞬の太刀《たち》捌《さば》きである。

ドスッ、と皮肉を打つ音がし、伊勢次の上半身が折れたように前にかしいだ。

菅井の横に払った峰打ちが、伊勢次の腹を強打したのだ。

伊勢次は低い呻《うめ》き声を上げ、左手で腹を押さえてうずくまった。

菅井は切っ先を伊勢次の首筋に突き付け、

「こいつに、縄をかけてくれ」

と、栄造に声をかけた。

栄造はすぐに懐から細引を取り出し、伊勢次の背後にまわると、両腕を後ろにとって早縄をかけた。岡っ引きだけあって、手際がいい。

「お、おれを、どうしようってえんだ」

伊勢次が苦しげに顔をゆがめて訊いた。

「話を聞くだけだ」

菅井が低い声で言った。表情のない顔をしていたが、双眸《そうぼう》だけは異様なひかりをはなっている。居合を遣ったので、気が昂っているようだ。

　この間に、孫六と三太郎も女の腕を後ろにとって縛り上げた。孫六も長年岡っ引きをしていただけあって、縄をかけるのも手際がよかった。

「なんという名だ」

源九郎が女に訊いた。

「お、おとせだよ。……あ、あたし、お上の世話になることなんか、何もしてません」

おとせは声を震わせ、ひき攣ったような顔をして言った。

「おまえには、話を聞くだけだ。……すぐに、帰してやる」

源九郎が穏やかな声で言うと、おとせは安心したのか、表情がいくらかおだやかになった。

「騒がれると、面倒だ。猿轡《さるぐつわ》をかまそう」

栄造が用意した手ぬぐいで、伊勢次とおとせに猿轡をかました。ふたりを連行することも考えて、手ぬぐいも用意したようだ。

「長屋の者は気付いたかな」

源九郎は戸口から出て、周囲に目をやった。

長屋は夜陰につつまれていた。家々から灯が洩れていたが、戸口に出ている者の姿はなかった。伊勢次とおとせを捕らえたおり、物音や叫び声などを耳にした者もいるはずだが、ふだん長屋内で耳にしている夫婦喧嘩と思ったのかもしれない。

「連れ出すぞ」

源九郎が声をかけた。

栄造と孫六たちが、伊勢次とおとせを家から連れ出した。

源九郎たちは、伊勢次とおとせを船寄で待っていた松吉の舟に乗せ、掘割をたどって大川に出た。大川も夜陰につつまれていたが、松吉は船宿の船頭だけあって、巧みに櫓を漕いで大川を遡《さかのぼ》っていく。

舟は大川から竪川に入り、一ツ目橋近くの桟橋で源九郎たちは下りた。その場で栄造と松吉と別れ、源九郎たちだけで伊勢次とおとせをはぐれ長屋まで連れていった。

はぐれ長屋に空いている部屋があったので、そこに伊勢次とおとせを連れ込んだ。その夜は遅くなったので、ふたりは手足を厳重に縛り上げ、動けないように柱にくりつけておいた。ふたりから話を聞くのは、明日からである。

第四章　侵入者

一

座敷はがらんとして何もなかった。所々擦り切れた畳には、埃《ほこり》がつもっている。そこは、はぐれ長屋の空いたままになっている部屋である。

伊勢次とおとせは手足を縛られ、さらに柱にくくりつけられていた。ふたりとも、昨夜は眠っていないらしく、疲れきった顔をしていたが、目だけは異様なひかりを宿している。

部屋には、源九郎、菅井、孫六、それに栄造の姿があった。

「おとせは、別の部屋に離しておきたいな」

源九郎は、伊勢次から訊問《じんもん》するつもりだったが、そばにおとせがいると訊《き》きづらかった。伊勢次も、口を割らないのではあるまいか。

「おれのところへ、連れていくか」

菅井が言った。

「頼むか」

菅井の家は近かったし、独り暮らしだったので、おとせを監禁しておくのには、いい場所である。

菅井と孫六とで、おとせを連れていった。いっときすると、ふたりは源九郎たちのいる部屋にもどってきた。

「さて、伊勢次から話を聞かせてもらうか」

源九郎は、伊勢次の猿轡《さるぐつわ》をとってやった。

「や、やい、おれを、どうしようってえんだ」

伊勢次が怒声を上げたが、体は顫《ふる》え、目には怯《おび》えたような色があった。

「おまえ次第だな。……わしらは、連れていかれた娘を取り戻したいのだ。それに、殺された長屋の者の敵《かたき》も討ってやりたい。それで、おまえから話を聞きたいのだ」

源九郎が、伊勢次を見すえて言った。

「……！」

伊勢次は何も言わなかったが、唾を飲み込む音が聞こえた。

「まず、遊喜楼のことで訊きたい。……あるじの名は勘兵衛だな」

源九郎が訊いた。

「そ、そうで……」

伊勢次が答えた。あるじの名なら、隠すほどのことはないと思ったのであろう。

「勘兵衛は、二年ほど前に遊喜楼のあるじに収まったそうだが、その前はどこにいた」

「し、知らねえ」

源九郎は、勘兵衛が品川にいたことは知っていたが、訊いてみたのである。

伊勢次は源九郎から視線をそらせた。

……この男、話す気はないようだ。

と、源九郎は思った。

「品川ではないのか」

「……品川ですかい」

伊勢次はとぼけた。ただ、目には怯えの色があった。伊勢次も追い詰められているようだ。

「伊勢次、わしらは町方ではない。……吟味して、おまえの罪状を明らかにするつもりなどないのだ。わしらが、知りたいことを訊くだけだ」

源九郎は鋭い目で伊勢次を見つめながら言った。

「話さなければ、ここで殺す。それも、ただでは殺さぬぞ。長屋の者たちの恨みがあるからな。……耳を切り落とし、鼻を削ぎ、手足を斬り落としてくれる」

源九郎の声には凄《すご》みがあった。

「……！」

伊勢次の顔から血の気が引き、紙のように蒼《あお》ざめた。体の顫えが激しくなっている。

「では、あらためて訊くぞ。……ちかごろ、おすみという娘が遊喜楼に連れていかれたな。歳は十四、五だ」

源九郎はおすみの名を出して訊いた。

「おすみですかい。……あっしには、分からねえ」

伊勢次が小声で言った。

「春日屋という春米屋《つきごめや》の娘だ」

「遊喜楼には若い娘が大勢いやすんで、おすみという娘がいるか分からねえ」

「うむ……」

源九郎は、伊勢次が嘘を言っているかどうか分からなかった。ただ、しらを切ろうとしているようにも見えなかった。

「権蔵という男を知っているか」

源九郎は矛先《ほこさき》を変えた。

「遊喜楼にはいねえが、客ですかい」

「客ではない。賭場の貸元だ」

「賭場の……」

伊勢次の顔がこわばった。視線が揺れている。どうやら、知っているようだ。

「知っているな」

源九郎は念を押すように訊いた。

「へえ……。噂は聞いたことがありやす」

「権蔵は、遊喜楼に出入りしているのではないか」

「ときおり、客として遊喜楼に顔を見せるようで……」

伊勢次が小声で言った。

「客ではあるまい。勘兵衛とつながっているはずだ」

「遊喜楼のあるじと、話していることはありやした。あっしには、馴染《なじ》みの客に見えやしたが……」

伊勢次は語尾を濁した。

「権蔵の手下が、おすみを遊喜楼に連れていったのではないのか」

源九郎が語気を強くして訊いた。

「し、知らねえ。おすみという娘のことは、知らねえ」

伊勢次が、声をつまらせて言った。

「権蔵の手先が、店に来ることはあるな」

「ありやす」

「攫《さら》った娘を、遊喜楼に連れていったはずだ」

「へえ……。そんな話を聞いたことはありやす」

「うむ……」

はっきりしなかったが、おすみも遊喜楼に連れていかれたのではないか、と思った。

「ところで、権蔵の塒《ねぐら》はどこだ」

源九郎が訊いた。

「伊勢崎町《いせざきちょう》だと聞きやしたが……」

深川伊勢崎町は仙台堀沿いにひろがり、権蔵の賭場があった今川町の対岸である。

「伊勢崎町のどこだ」

「どこか、聞いてねえ」

伊勢次は、首を横に振った。

「……」

伊勢崎町だけではつきとめるのがむずかしいが、聞き込んでみるしかないだろう。

「伝兵衛長屋の弥助という男が殺されたのだが、知っているか」

源九郎は弥助のことに矛先をむけた。

「弥助という男のことは知らねえ」

伊勢次がはっきりと言った。

「うむ……」

源九郎が口をつぐんだとき、源九郎のそばに立っていた栄造が、

「伊勢次、入船町にある駒五郎の賭場は知っているな」

と、伊勢次を見すえて訊いた。

栄造は、駒五郎の賭場を探っていたのである。

「……聞いたことはありやす」

伊勢次が、首をすくめて言った。

「入船町を探ったのだが、賭場がどこにあるか分からねえ。……伊勢次、おめえ聞いてるだろう」

「入船町の賭場は、一月《ひとつき》ほど前《めえ》、とじたと聞きやした」

伊勢次が言った。

「なに、とじたと」

「へい」

「いまは、どこにある」

「とじたままだと聞いてやす」

「それで、つかめなかったのか……。ところで、駒五郎の塒はどこだい」

栄造が声をあらためて訊いた。

「同じ入船町だと聞いていやす」

「入船町のどこだ」

「情婦《いろ》に、料理屋をやらせていると聞いた覚えがありやすが、行ったことはねえ」

伊勢次が首を横に振った。

「それだけ分かれば、なんとかなる」

栄造が低い声で言った。腕利きの岡っ引きらしい、ひきしまった顔をしている。

それから、源九郎が大川端で待ち伏せしていた四人のことを訊いたが、伊勢次は知らないようだった。

源九郎たちは伊勢次の訊問を終えると、つづいて菅井の家に行っておとせに訊いたが、探索の役にたつような話は聞けなかった。

源九郎はおとせをこのまま帰してもいいと思ったが、勘兵衛がおとせの口封じのために命を狙う恐れもあったので、おとせに事情を話して、身を隠すところがあるか訊いてみた。

おとせが、両親の住む長屋にしばらく厄介になると話したので、明日にも長屋に送ってやることにした。

一方、伊勢次は、しばらく長屋に監禁しておくことにしたが、様子を見て栄造に引き渡すことになるだろう。

伊勢次とおとせから話を聞き終った後、

「これから、どうしやす」

孫六が源九郎と栄造に目をやって訊いた。

「おれは、駒五郎の塒をつきとめるつもりだ」

栄造が顔をひきしめて言った。

「わしらは、遊喜楼をあたってみるか」

源九郎が言うと、菅井が、

「そうしよう。おれは、遊喜楼がやつらの巣のような気がするのだ」

と、細い目をひからせて言った。

二

「磯次さん、食べて」

おきくが、手にした小鉢を差し出しながら言った。

小鉢に入っているのは、ひじきと油揚げの煮染だった。

「おっかさんが、作ったの。……磯次さんの分も、作ってくれたんだから」

おきくが、頰を赤らめて言った。

「ありがてえ、煮染は好物だ。さっそくいただくぜ」

磯次は小鉢を手にし、相好をくずした。

「御飯は炊いたの？」

「炊き終わったところだ。……おきく、いっしょに食ってくかい」

おきくは、どうしようか迷うような素振りをしたが、

「おっかさんが、待ってるから、今度、ごちそうになる」

そう言って、腰高障子をあけた。

家の外は、濃い夕闇につつまれていた。長屋の家々から灯《ひ》が洩《も》れ、あちこちから子供や女の声、亭主のがなり声などが聞こえてきた。長屋は、夕暮れ時のいつもの喧騒につつまれている。

そのとき、どこかで荒々しく障子をしめる音がし、小走りに近付いてくる複数の足音が聞こえた。

「何かしら」

おきくは戸口から外に出て、足音のする方に目をやった。

すると、磯次が慌てた様子で外に出てきて、

「おきく、なかに入れ」

と、けわしい顔をして言った。

夕闇のなかに、数人の男の姿が見えた。手ぬぐいや黒布で頬っかむりしている。男たちは、おきくのすぐ近くに迫ってきた。長屋の者ではない。男の手にした匕首《あいくち》が青白くひかっている。

「助けて！」

おきくが、悲鳴を上げた。

と、匕首を持った男が、おきくの前に駆け寄り、

「うるせえ！　黙らねえか」

言いざま、手にした匕首で斬りつけようとした。

「ま、待て！」

磯次が男の前に立ちふさがった。

男は磯次を見ると何か言いかけたが、

「て、てめえ！」

と、声を上げ、威嚇《いかく》するように匕首を振り上げた。

その背後に、ふたりの男が近付いてきた。黒布で頬っかむりしている。武士らしい。袴姿で、刀を差していた。

ふたりは無言のまま、磯次とおきくに目をむけた。

「この女に手を出すな！」

磯次が、三人の男に言った。

「て、てめえ、女に溺《おぼ》れたのか」

匕首を手にした男が、怒りの声を上げた。

そのとき、近所の家の腰高障子があき、「どうした」「何かあったのか」などという男の声が聞こえた。

「そいつのことは、後だ。引き上げるぞ！」

武士体の男が言って、小走りに路地木戸の方にむかうと、他のふたりも後を追って走りだした。

三人の男がその場から離れると、おきくが身を顫わせながら、

「磯次さん、怖い！」

と言って、磯次にすがりついた。

「心配ねえ。やつら、逃げた」

磯次は、おきくの肩に腕をまわして抱き締めてやった。

流し場に立っていた源九郎は、女の「助けて！」という悲鳴を聞いて、茶碗を洗う手をとめた。

……何かあったな！

と思い、戸口の外に出ると、甲走った男のやり取りが聞こえ、いっときして路地木戸の方へ走る何人かの足音がした。

三人——。手ぬぐいや黒布で頬っかむりしている。ふたりは武士らしく、刀を差していた。

……長屋の者ではない！

と察知した源九郎は、すぐに家にとって返し、大刀だけを手にして女の悲鳴が聞こえた方へ走った。

途中、菅井の姿が見えた。やはり、声のした方に走っている。

「長屋に何者か、踏み込んできたぞ」

源九郎が言った。

「伊勢次のいる家で、何かあったようだ」

菅井が走りながら、男の呻《うめ》き声が聞こえたと口にした。

ふたりは、伊勢次をとじこめてある家の方に走った。戸口に、茂次と三太郎の姿があった。ふたりは、戸口から家のなかを覗《のぞ》いている。

「どうした？」

源九郎が訊いた。

家のなかは暗かった。物音も、伊勢次の息の音も聞こえなかった。

「旦那、様子がおかしい」

茂次が言った。

「入ってみるか」

源九郎と菅井が踏み込んだ。

茂次と三太郎が、つづいて入ってきた。

……血の匂いがする！

闇のなかに、血の匂いがただよっていた。

源九郎は、座敷の隅に蹲《うずくま》っている人影を目にした。動かない。

「伊勢次が、殺《や》られたようだ」

源九郎が言った。

「行灯《あんどん》を点《つ》けやしょう」

茂次と三太郎が座敷に上がり、火打石を使って部屋の隅に置いてあった行灯に火を点《とも》した。

行灯の灯に、伊勢次の姿が浮かび上がった。尻餅をついたような恰好《かっこう》で、血を流している。伊勢次は後ろ手に縛られたまま、首を前に垂らしていた。その胸の辺りが、血で真っ赤に染まっている。

「胸を、一突きだ！」

菅井が言った。

「遣ったのは、刀だな」

源九郎は、目にした三人のなかの武士が、伊勢次を仕留めたのだろうと思った。

そこへ、孫六と平太が飛び込んできた。ふたりは、すぐに座敷に上がり、血塗《ちまみ》れになっている伊勢次を目にすると、

「伊勢次の口を封じたんだ」

孫六が目をひからせて言った。

「そのようだ」

さきほど見かけた三人の仕業であろう。

「それにしても、手が早いな。伊勢次を捕らえたのは、三日前だぞ」

菅井が言った。

「まったくだ。すこし、早すぎる。それに、長屋を探った様子もないぞ」

三人組は、まっすぐ伊勢次を監禁している家に来て仕留めたようである。

「やつら、長屋の様子をよく知っているようだ」

菅井が顔をけわしくして言った。

三

「どうだ、だれもいないか」

源九郎が声をひそめて訊いた。

「いないぞ」

菅井が言った。

はぐれ長屋の路地木戸だった。源九郎、菅井、孫六、平太の四人の姿があった。まだ、明け六ツ（午前六時）前だった。

源九郎たちは、永代寺門前町へ行くつもりだった。遊喜楼を探りにいくのだが、長屋を見張っているらしい者の目に触れないように、早朝長屋を出ることにしたのである。

「行くぞ」

源九郎たちは路地に出た。

竪川沿いの通りに出ると、ぽつぽつ人影があった。朝の早い出職の職人や豆腐売りなどの姿が目にとまった。通り沿いの店も、表戸をあけている。

源九郎たちは大川端に出ると、川下にむかい、永代橋のたもとを過ぎてしばらく歩いてから、富ヶ岡八幡宮の門前通りに入った。

門前通りを東にむかい、永代寺門前町に入ったところで、源九郎たちは路傍に足をとめた。遊喜楼は、すぐ近くである。

「どうだ、二手に分かれて聞き込んでみないか」

源九郎は、四人でいっしょでは埒《らち》が明かないと思った。それに、人目を引くだろう。

「そうだな」

菅井がすぐに同意した。

源九郎と孫六、菅井と平太とに分かれて聞き込むことにした。

「九ツ（正午）ごろ、八幡さまの鳥居の前に来てくれ。昼めしでも食いながら話そうじゃァないか」

源九郎がそう言い、菅井たちと別れた。

「孫六、どうする。表通りでは訊きづらいな」

遊喜楼のある辺りは、料理茶屋、女郎屋、置屋などが多く、話の聞けそうな店はなかった。

「旦那、あっしのむかしの知り合いに聞いてみやすか」

孫六が岡っ引きだったころ、深川に探索に来ることもあり、そのころ知り合った男が、永代寺門前山本町《やまもとちょう》にいるという。山本町は、門前町の隣町である。

「又造《またぞう》ってえやつで、当時は八幡さまの界隈《かいわい》で幅を利かせていた地まわりなんでさァ。いまは、飲み屋の親爺で」

「その男に、訊いてみるか」

源九郎は、山本町で飲み屋をやっている男なら遊喜楼のことも知っているのではないかと思った。

「こっちでさァ」

孫六が先にたった。

源九郎たちは来た道を引き返し、山本町に入って間もなく右手の路地に入った。そこは、そば屋、小料理屋、一膳めし屋、飲み屋などがごてごてとつづく横町だった。

孫六は路地を二町ほど歩いたところで足をとめ、

「たしか、この店だったな」

と言って、軒先に赤提灯《あかちょうちん》をぶら下げた小体《こてい》な店に目をやった。

飲み屋らしいが、店先に縄暖簾《なわのれん》は出ていなかった。まだ昼前で、店はひらいていないのかもしれない。

「入《へえ》ってみやすか」

孫六が戸口の板戸を引くとあいた。

なかは薄暗かった。飯台がふたつ、土間に置いてある。人影はなかったが、だれかいるらしく奥で水を使う音がした。

「だれか、いねえかい」

孫六が声をかけた。

水音がやみ、いっとき間を置いてから、「まだ、店はひらいてねえよ」としゃがれ声が聞こえた。

「又造、おれだ、孫六だよ」

孫六が声をかけた。

「孫六だと、知らねえな」

「忘れちまったのかい。番場町の孫六だよ」

「番場町の……。ああ、親分かい」

すぐに、下駄《げた》の音がし、右手の奥から小太りの男が出てきた。五十がらみであろうか。丸顔で、目のギョロリとした男である。

「番場町の、久し振りだな」

男は目を細めて言った後、源九郎に目をむけ、

「そっちのお方は」

と、小声で訊いた。

「おれが世話になってる旦那だ。……おれと同じ、隠居よ」

「長屋暮らしの隠居だ」

源九郎が口元に笑みを浮かべて言った。

「又造でさァ」

又造の顔から警戒の色が消えた。武士といっても、長屋暮らしの隠居と聞いて安心したらしい。

「まだ、店はひらいてねえのかい」

孫六が訊いた。

「店をひらくのは、昼過ぎてからだ。……酒だけはあるがな」

「喉が渇いた。酒をもらえるか」

孫六は、無類の酒好きである。飲み屋に来て、飲まないと気が収まらないのかもしれない。

「そこに掛けて、待っててくんな」

又造はそう言い置いて、奥にもどった。

源九郎と孫六が、飯台のまわりに置かれた腰掛け代わりの空き樽に腰を掛けて待つと、又造が、銚子と小鉢を持ってもどってきた。

「たくわんだ」

又造は小鉢を飯台の上に置いた。

たくわんの古漬けが入っていた。肴《さかな》に、持ってきてくれたらしい。

「さァ、一杯《いっぺえ》」

又造は空き樽に腰を下ろすと、銚子をとって源九郎と孫六の猪口《ちょく》についだ。

「又造、おめえに訊きてえことがあって来たのよ」

孫六が切り出した。

「……」

又造の顔に、また警戒の色が浮いた。

「門前町に遊喜楼ってえ女郎屋があるな」

「あるよ」

「あるじの勘兵衛ってえ男を知ってるかい」

孫六が声を低くして訊いた。

「番場町の、おめえ、御用聞きはやめたんじゃァねえのかい」

又造が、けわしい顔をして言った。

「やめたよ。これは、御用聞きの仕事じゃァねえんだ。長屋の若えやつ《わけ》が、殺されてな。両親《ふたおや》が可哀相で見てられねえのよ。それで、おれとこの旦那が、せめて若えやつを殺ったやつだけでもみつけて、町方にお縄にしてもらいてえと思ってな。いろいろ聞きまわってるんだ。……探ってみると、遊喜楼のあるじが裏で糸を引いてるらしいことが分かってきた。それで、おめえに訊きに来たのよ」

孫六がもっともらしく言った。

「そうかい。……勘兵衛ってやつは、悪党だからな」

又造が、急に声をひそめて言った。

「女郎屋の陰で、何かやってるのかい」

孫六が訊いた。

「息のかかった子分に、賭場もやらせているようだ」

又造がそう言ったとき、源九郎が脇から、

「賭場というと、権蔵の賭場か」

と、訊いた。

「旦那、よく知ってやすね」

「近所に、権蔵の子分に娘を連れていかれた親がいてな。その親から、娘を探してくれと頼まれたのだ。それで、権蔵のことも耳にしたわけだ」

源九郎が言った。

「その娘は、遊喜楼にいるかもしれやせんぜ」

「やはり、遊喜楼か。わしも、遊喜楼ではないかと睨《にら》んでいるのだ」

源九郎は、権蔵の子分がおすみを連れ去ったわけが分かった。遊喜楼で女郎をやらせるためである。むろん、勘兵衛の指図があってのことだろう。

「入船町にも、賭場があると聞いているが――」

源九郎は、栄造が探っている賭場のことも訊いてみた。

「駒五郎の賭場ですかい」

「そうだ」

「駒五郎も、勘兵衛の息のかかった男でさァ」

又造が、源九郎と孫六に目をやって言った。

「駒五郎もか……」

どうやら、勘兵衛は遊喜楼だけでなく、息のかかった者に賭場もやらせていたようだ。それも、今川町と入船町の二場所である。

「旦那、それだけじゃァねえ。……勘兵衛は腕利きの二本差しに、金ずくで人殺しをやらせているってえ噂もありやすぜ」

又造が、けわしい顔をして言った。

「なに、金ずくで殺しだと！」

思わず、源九郎の声が大きくなった。

源九郎は、勘兵衛に底知れぬ不気味さを感じた。勘兵衛は女郎屋を隠れ蓑《みの》にし、賭場だけでなく、ひそかに金ずくで殺しも引き受けているという。深川の闇世界を牛耳《ぎゆうじ》っているとみていい。

「旦那、相撲《すもう》の五平とそっくりですぜ」

孫六が顔をこわばらせて言うと、

「お、おれも、五平が生き返《けえ》ったような気がしてるんだ」

又造が、震えをおびた声で言い添えた。

四

「旦那、喉が乾きやしたね」

孫六が口許に薄笑いを浮かべて言った。

「酒か」

源九郎があきれたような顔をした。

「ちくっと、一杯《いっぺえ》だけ。喉を湿すだけでさァ」

「しょうがないやつだ」

源九郎は注文を訊きにきた小女《こおんな》に、酒とそばを頼んだ。

そば屋の小座敷に、源九郎、孫六、菅井、平太の姿があった。源九郎たちは富ヶ岡八幡宮の鳥居の前で顔を合わせ、近くにあったそば屋に入ったのである。

酒がとどき、源九郎たちが手酌でいっとき飲んでから、

「遊喜楼の勘兵衛のことが、だいぶ知れたぞ」

源九郎が切り出し、又造から聞いたことをかいつまんで話した。

「殺し屋までやっているのか」

菅井が驚いたような顔をした。

「わしらを待ち伏せしていた三人は、殺し屋かもしれんな」

源九郎が言い添えた。

「まったく、五平とそっくりだ。……おれたちも、勘兵衛の噂はいろいろ耳にしたぞ」

菅井たちも表通りから裏路地に入り、むかしからの店らしい酒屋や下駄屋などに立ち寄って話を聞いたという。

「やはり、勘兵衛が裏で深川を牛耳っているようだ」

菅井が言った。

「弥助の殺しや、おすみのことで何か知れたのか」

「弥助のことは分からんが、おすみは遊喜楼にいるのではないかな。……遊喜楼には、おすみのように親兄弟が賭場で借りた金の形《かた》に連れてこられた娘が何人かいるらしいぞ」

「おすみは、遊喜楼にいるとみていい」

源九郎も、おすみは遊喜楼にいるような気がしていた。

いっとき、四人は酒を口にしたり、そばをたぐったりした後、

「それで、これからどうする？」

と、菅井が訊いた。

「遊喜楼のことで聞き込んでも、これ以上新たなことは出てこないかもしれん」

源九郎が言った。

「こうなったら、栄造に話し、町方に踏み込んでもらったらどうだ」

「遊喜楼にか」

「そうだ。……おすみがいれば、助け出せるのではないか」

「おすみがいたとしても、女衒《ぜげん》から買った女だと言われればそれまでだぞ。……それに、おすみのことだけで、村上どのが動くとは思えんな」

源九郎は、町奉行所の定廻り同心が、借金の形に連れ去られた娘が女郎屋にい

るというだけで、女郎屋に捕方をむけるとは思えなかった。

「では、どうする」

菅井の声に苛立《いらだ》ったひびきがあった。

「賭場の件だな。……権蔵と駒五郎の塒が分かれば、町方も踏み込んで捕らえるはずだ。ふたりを捕らえれば、勘兵衛も押さえられる」

「駒五郎は、栄造が追ってるはずだぞ」

「駒五郎は栄造にまかせ、わしらは権蔵を探ってみるか。それに、わしは大川端で待ち伏せしていた三人の塒を、何とかつきとめたい。長屋に押し入って伊勢次を殺したのも、その三人とみているのだ」

「三人を探る手があるか」

菅井が訊いた。

孫六と平太は、黙って源九郎たちのやり取りに耳をかたむけている。ただ、孫六はひとりで手酌で飲んでいるので、どこまで話を聞いているか分からない。

「深川で聞き込むより、他にないが……」

源九郎は、当てもなく聞きまわっても、三人のことはつかめないような気がした。

そのとき、孫六が、

「深川で幅を利かせてるやつらに訊けば、分かるかもしれねえ」

と、口をはさんだ。どうやら、源九郎と菅井のやり取りは聞いていたようだ。

「又造の他にもいるのか」

「何人か、心当たりはありやす。それに、いま幅を利かせてるやつなら又造より知ってるかもしれねえ」

「孫六に頼むか」

「まかせてくだせえ」

孫六が赤い顔を突き出すようにして言った。

「栄造にも話してみよう」

源九郎は、栄造が駒五郎の塒をつかんだのかどうかも聞きたかった。

源九郎たちは酒はほどほどにし、そばで腹ごしらえをしてから店を出た。すでに、陽は西の空にまわっていた。八ツ（午後二時）を過ぎているのではあるまいか。

源九郎たち四人は、深川での聞き込みはそれまでにし、伊勢崎町へまわった。帰りがけに、権蔵の塒を探ってみようと思ったのである。

源九郎たちが仙台堀沿いの通りに出て、伊勢崎町の方へ足をむけたとき、孫六が源九郎に身を寄せて、

「旦那、浜乃屋に寄っていきやすか」

と、声をひそめて言った。まだ酔っているらしく、赤い顔をしている。

浜乃屋は、お吟のやっている小料理屋だった。浜乃屋はこの近くである。孫六も、源九郎が浜乃屋を贔屓《ひいき》にし、お吟とは情を通じた仲であることを知っているのだ。

「孫六、おまえ、まだ飲むつもりか」

源九郎が顔をしかめて言った。

「あっしは、ただ、旦那のためを思って……」

孫六が首をすくめ、語尾を濁した。

「いいか。孫六、わしらは殺された弥助の敵を討ち、攫われたおすみを取りもどすために、みんなで歩きまわっているのだぞ。それを、聞き込みをいいことに、酒を飲み歩いていたのでは、長屋の者に顔向けできまい」

源九郎が強いひびきのある声で言った。

「そう堅苦しいことを言わなくても……」

孫六は独り言のようにつぶやいて、首をすくめた。

源九郎たちは伊勢崎町に入ると、四人で手分けして、船宿の船頭、伊勢崎町をまわっているぼてふり、酒屋の親爺などから、それとなく賭場のことを訊いてみたが、権蔵の塒をつかむ手掛かりになるようなことは聞けなかった。

「今日は、これまでにするか」

陽は、西の家並の向こうに沈んでいた。西の空は茜色《あかねいろ》の夕焼けに染まっている。

五

源九郎たちは、竪川沿いの通りから大川端に出た。すこし風があった。夕暮れ時で、風のせいもあるのか大川には船影がなかった。川面が波立ち、無数の波頭を刻みながら、永代橋の彼方までつづいている。

まだ、暮れ六ツ（午後六時）前だったが、通り沿いの店は、表戸をしめているところもあった。ふだんより人影はすくなく、ときおり仕事帰りの職人や大工などが川風を避けるように背をまるめ首をすくめて足早に歩いていく。

源九郎は背後を振り返ってみた。大川端で、三人の男に恫喝《どうかつ》されたことを思い出したのだ。それに、茂次たちが四人組に襲われたのも大川端である。

……跡を尾《つ》けている者はいないようだ。

背後に、それらしい人影はなかった。

源九郎たちが御舟蔵の脇まできたとき、暮れ六ツの鐘の音が鳴った。通りのあちこちから、表戸をしめる音が聞こえてきた。

御舟蔵の脇を抜けると、前方に竪川にかかる一ツ目橋が見えてきた。左手は水《み》戸《と》家の石置き場で、右手には弁天社がある。

「おい、石置き場の前にだれかいるぞ」

菅井が石置き場に目をやりながら言った。

川岸近くの松の幹の陰に立っている人影が見えた。石置き場というより、橋のたもと近くである。

武士らしい。大柄だった。袴姿で、二刀を帯びている。樹陰になって、顔ははっきり見えなかった。

「ひとりか！」

源九郎は、ひとりで待ち伏せしているはずはないと思った。

「旦那ァ！　あそこにも」

平太が甲走った声を上げた。

弁天社の前に、ふたり立っていた。ひとりは武士、ひとりは町人だった。武士は黒い頭巾《ずきん》をかぶっていた。町人は、手ぬぐいで頬っかむりしている。

「わしらを、待ち伏せしていた三人だ！」

源九郎は三人の体軀《たいく》や扮装《いでたち》に見覚えがあった。大川端で待ち伏せし、源九郎を恫喝した三人である。

「おれたちを襲う気か」

菅井が足をとめて言った。

「そうとしか思えん」

「だが、相手は三人だぞ。逃げることはない」

菅井は、左手で刀の鍔元《つばもと》を握った。やる気になっている。

「よし、やろう」

源九郎も、三人なら後れをとることはないとみた。孫六と平太は、たいした戦力にならないが、人数はひとり多い。

「だ、旦那、あっしもやりやすぜ」

孫六が声をつまらせて言い、懐から錆《さ》びた十手を取り出した。岡っ引きだったころ遣っていた十手である。平太もひき攣《つ》ったような顔で、十手を手にした。平太は栄造の下っ引きとして動くときもあり、十手を持っていたのだ。

孫六と平太は顔がこわばり、手にした十手が震えていた。孫六は歳を取り過ぎていたし、平太はこうした闘いの経験はほとんどなかったのだ。

源九郎たちが橋のたもとに近付いたとき、松の樹陰から武士が姿を見せた。黒い頭巾で顔を隠している。

弁天社の前にいたふたりも、源九郎たちに近付いてきた。こちらの武士は牢人らしい。大刀を一本落とし差しにしていた。

三人が源九郎たちの行く手をふさぐように前方に立ったとき、背後から走り寄る足音が聞こえた。

源九郎は足をとめて振り返った。

ふたり――。小走りに近付いてくる。ひとりは武士、ひとりは町人だった。

……挟み撃ちだ！

この場で、五人は挟み撃ちにするために源九郎たちを待っていたのだ。背後のふたりは、通り沿いの家の陰にでも身を隠していたのだろう。

「華町！　このままでは、やられるぞ」

めずらしく、菅井がうわずった声で言った。

「逃げるか」

源九郎が訊いた。五人が相手では、太刀打ちできないとみた。しかも、武士が三人もいる。

「逃げられぬ。長屋から助けを呼ぶしかないぞ」

長屋に腕のたつ者はいないが、男たちが大勢いる。菅井は、長屋から大勢駆け付ければ何とかなるとみたようだ。

「どうやって」

はぐれ長屋は近かった。かといって、この場を切り抜けなければ、長屋へ行くこともできない。

源九郎と菅井がそんなやり取りをしている間に、前方から三人、後方からふたり、足早に近付いてきた。

「平太だ」

すぐに、菅井が振り返り、

「平太、橋を渡って、長屋へつっ走れ!」

と言った。

「へい！」

平太が、目をつり上げてうなずいた。

「華町、前を突破するぞ！」

「よし」

源九郎と菅井が前に立ち、平太と孫六が後ろについた。

イヤアッ！

オオッ！

突如、菅井と源九郎が裂帛《れっぱく》の気合を発して突進した。平太と孫六も走った。

前から近付いてきた三人が、ギョッ、としたように足をとめた。だが、すぐに大柄な武士が、

「逃がすな！」

と、叫びざま抜刀した。

源九郎たちの背後から来るふたりも走ってきた。

源九郎は走りざま抜刀した。八相に構え、まっすぐ大柄な武士に迫っていく。

菅井は、居合の抜刀体勢をとったまま牢人に急迫した。

鋭い気合とともに菅井が抜き付け、腰元から閃光《せんこう》が逆袈裟《ぎゃくげさ》にはしった。走り

ざまの神速の一刀である。

　牢人が大きく左手に跳んだ。

　菅井につづいて、源九郎が走りざま八相から袈裟に斬り込んだ。刹那《せつな》、大柄な武士は右手に跳んだ。すばやい体捌《たいさば》きである。

　牢人が左手に、大柄な武士が右手に跳んだため、正面が大きくあいた。菅井と源九郎は、前があくように斬り込んだのだ。

「平太、走れ！」

　菅井が叫んだ。

　平太は正面を走り抜けた。すばやい動きである。平太は走った。足は速い。見る間に橋を渡り、竪川沿いの通りに出た。

「待ちゃァがれ！」

　手ぬぐいで頬っかむりした男が、匕首を手にして平太を追ったが、すぐに間がひろがった。

「斬れ！　こやつらを斬れ」

　大柄な武士が、残った源九郎たちに目をやって叫んだ。

　源九郎、菅井、孫六の三人は橋のたもとへ走り、川岸を背にして立った。背後からの攻撃を避けるためである。

源九郎と菅井が刀をふるえるだけ間をとって立ち、孫六はふたりの背後にまわった。背後といっても川岸の近くなので、源九郎たちとは一間ほどの距離しかない。

三人の武士が、源九郎と菅井の前に立った。町人体のふたりは、匕首を手にして左右の岸際にまわり込んだ。源九郎たちが前に出たら、孫六に襲いかかるつもりらしい。

「さァ、来い！」

源九郎は、正面に立った大柄な武士に切っ先をむけた。

大柄な武士は、八相に構えていた。大きな構えである。両肘を高くとり、刀身を垂直に立てている。

……手練《てだれ》だ！

と、源九郎は察知した。

大柄な武士の構えは腰が据わり、隙がなかった。しかも、大柄な体とあいまって、上から覆いかぶさってくるような威圧感がある。

一方、菅井は牢人体の男と対峙《たいじ》していた。すでに菅井は納刀し、居合の抜刀体勢をとっている。

牢人は下段だった。切っ先が、菅井の爪先あたりにつけられている。両肩が落ち、ゆったりと構えていた。覇気のない構えのように見えるが、全身から痺《しび》れるような剣気をはなっている。

……迂闊《うかつ》に抜けん！

居合の抜きつけの一刀をかわされたら、勝機はない、と菅井はみた。

もうひとりの武士は、菅井の右手にまわり込んでいた。青眼に構え、切っ先を菅井にむけていたが、間合がやや遠かった。それに、斬撃の気配がない。牢人と菅井の闘いの様子を見て、斬り込むつもりなのだろう。

牢人が、ジリジリと間合をせばめてきた。

六

平太は、はぐれ長屋の路地木戸から走り込んだ。

長屋は淡い夕闇につつまれていたが、まだ灯の色はなかった。あちこちから住人たちの声に交じって水を使う音、腰高障子をあけしめする音などが聞こえてきた。いつもと変わらない長屋の夕暮れ時である。

「大変だ！　華町の旦那たちが殺される！」

平太は声のかぎりに叫びながら走った。

バタバタと腰高障子があき、男や女が飛び出してきた。亭主や女房、子供、年寄り——。茂次や三太郎の顔もあった。

「どうした、平太！」

茂次が訊いた。

「華町の旦那たちが、襲われた！……殺される！」

「どこだ」

「一ツ目橋を渡ったところで、待ち伏せされた！」

平太が、大声で言った。

茂次はすぐに事情を察知したらしく、

「おい、旦那たちを助けるんだ。……男は、おれといっしょに来てくれ」

と、集まってきた男たちに叫んだ。

「た、助けるって、おれたちは何にもできねえ」

お熊の亭主の助造が、声を震わせて言った。

「天秤か心張り棒を持ってこい。大勢なら、何とかなる」

「わ、分かった」

助造が家に走り込むと、そばにいた何人かの男が、自分の家に駆けもどった。

いっときすると、天秤棒や心張り棒を手にした男たちが七、八人集まってきた。さらに、家から飛び出してくる者もいる。

「行くぞ！」

茂次が声を上げ、路地木戸の方に駆けだした。

三太郎、平太がつづき、その後から長屋の男たち、お熊ら女たちまで路地木戸から路地に出てきた。

そのとき、源九郎は大柄な武士と対峙していた。源九郎は青眼に構え、大柄な武士は八相にとっている。

「いくぞ！」

大柄な武士が、足裏を摺《す》るようにして間合をせばめ始めた。

大きな八相の構えには、巨岩が迫ってくるような威圧感があった。源九郎は剣《けん》尖《せん》に気《き》魄《はく》を込め、斬撃の気配を見せながら武士の気の動きと間合を読んでいた。

しだいに、大柄な武士が一足一刀の間合に迫ってきた。全身に気勢が満ち、いまにも斬り込んできそうである。

ふいに、大柄な武士の寄り身がとまった。斬撃の間境の一歩手前である。武士は全身に斬撃の気配を漲《みなぎ》らせ、
イヤアッ!

と裂帛の気合を発した。気合で、源九郎の構えをくずそうとしたのだ。

だが、源九郎は微動だにしなかった。するど、武士が半歩踏み込み、ピクッ、と刀の柄《つか》を握った左拳を動かした。

……くる!

と察知した源九郎は、刀身をわずかに上げた。八相からの斬撃を受けようとしたのである。

次の瞬間、鋭い気合とともに大柄な武士の体が躍った。

八相から袈裟へ——。稲妻のような閃光がはしった。

刹那《せつな》、源九郎は刀身を撥《は》ね上げた。

ガチッ、という金属音とともに、源九郎の眼前で青火が散り、金気が流れた。次の瞬間、源九郎の腰がくずれた。

武士の一撃は、膂力《りょりょく》のこもった剛剣だった。源九郎は武士の刀身を受けたとき、強い斬撃に押されたのである。

咄嗟《とっさ》に、源九郎は体勢をくずしながら後ろに跳んだ。

すかさず、武士の二の太刀が源九郎を襲った。

刀身を振り上げざま、連続して袈裟へ——。凄《すさ》まじい斬撃が、刃唸《はうな》りをたてて源九郎を襲う。

ザクッ、と源九郎の小袖が、肩から胸にかけて裂けた。

さらに、源九郎は身を引き、青眼に構えると、切っ先を武士にむけた。肩から胸にかけて血の線がはしり、ふつふつと血が噴いた。だが、薄く皮肉を裂かれただけである。咄嗟に、源九郎が後ろに跳んだため、武士の斬撃をまともに受けずにすんだのだ。

「浅かったか」

武士が低い声で言った。源九郎を見すえた双眸《そうぼう》が、異様なひかりを帯びていた。一合したことで、気が昂《たかぶ》っているらしい。

「次は、かわせぬぞ」

武士はふたたび八相に構えた。

菅井は牢人と対峙していた。すでに菅井は抜刀し、脇構えにとっていた。対する牢人は下段に構えている。

牢人の小袖の右袖が裂けていた。あらわになった二の腕が、血に染まっている。菅井の居合の一刀をあびたらしい。だが、浅手らしく、牢人の下段の構えにくずれがなかった。

「居合が抜いたな」

そう言って、牢人が目を細めた。嗤《わら》ったらしい。菅井が居合を遣って抜刀したので、勝てると踏んだのかもしれない。

菅井は無言で、牢人を見すえていた。前髪が額に垂れ、細い双眸が切っ先のようにひかっている。夜叉《やしゃ》を思わせるような凄みのある顔である。

……勝負はこれからだ。

菅井は胸の内でつぶやいた。脇構えから、居合の呼吸で逆袈裟に斬り上げるつもりだった。

牢人は下段に構えたままジリジリと間合を狭めてきた。

菅井は気を静めて、牢人との間合を読んでいる。居合にしろ、脇構えから斬り上げるにしろ、初太刀が勝負だった。そのためには、相手との間合を読まねばならない。一寸の間合が勝負を決するだろう。

牢人が一足一刀の斬撃の間境に迫ってきた。

……あと、二歩。……一歩。

半歩！

と菅井が察知した瞬間、牢人の下段に構えた切っ先が、スッ、と上がり、半歩踏み込んだ。

刹那、ふたりの全身に斬撃の気がはしった。

イヤアッ！

タアッ！

ふたりの気合が静寂を劈《つんざ》き、閃光がはしった。

菅井が脇構えから逆袈裟に。

牢人が下段から振り上げざま袈裟へ。

逆袈裟と袈裟——。二筋の閃光が眼前で合致し、キーン、という甲高い金属音がひびいて、ふたりの刀身が上下にはじき合った。

次の瞬間、ふたりは背後に跳びながら二の太刀をはなった。

菅井は突き込むように籠手《こて》へ——。牢人は横に刀身を払った。

菅井の着物の脇腹が裂け、牢人の右の前腕に血の線がはしった。菅井の肌に血の色はなかった。着物を裂かれただけである。

牢人の右手も、かすり傷だった。

ふたりは大きく間合をとり、脇構えと下段に構え合った。

そのとき、岸際に立っていた孫六が、

「長屋の者たちだ！」

と、大声を上げた。

一ツ目橋を渡ってくる大勢の人影が見えた。二十人ほどの男たちが、手に手に心張り棒、天秤、鎌などを持っている。

「あそこだ！」

「旦那たちを助けろ！」

などと叫びながら、駆け寄ってくる。男たちだけではなかった。後ろからは、長屋の女たちもくる。

大柄な武士が慌てた様子で後じさり、一ツ目橋の方に目をやると、

「長屋の者たちだ！」

と驚いたような顔をして声を上げ、

「引け！　引け！」

と、叫んだ。

大柄な武士が反転して駆けだすと、牢人も菅井から間をとって走りだした。すると、他の三人も慌てた様子で大柄な武士と牢人の後を追った。

「助かった」

思わず、源九郎が声を上げた。

菅井が源九郎のそばに走り寄り、

「おい、斬られたのか」

と、源九郎の胸の血に目をやって訊いた。

「なに、かすり傷だ」

ふたりが、そんなやり取りをしているところに、長屋の男たちが駆け寄ってきた。

男たちは、源九郎と菅井を取り巻き、ふたりがかすり傷を負っただけだと知ると、安堵《あんど》の声を上げた。なかには、逃げていく男たちの背に罵声《ばせい》をあびせる者もいた。

「ま、間に合った……」

平太が、荒い息を吐きながらほっとした顔をした。

第五章　まわし者

一

「華町の旦那たちが、襲われたと聞きやしたが」

栄造が、源九郎と菅井に目をむけて訊《き》いた。

長屋の源九郎の家に、五人の男が集まっていた。源九郎、菅井、孫六、茂次、それに栄造である。

源九郎たちが五人の男に襲われた三日後だった。孫六が諏訪町に出向き、栄造に長屋へ来るよう声をかけたのである。

「一ツ目橋のたもとで、襲われたのだ」

源九郎がその時の様子を話した。

「五人もで、待ち伏せしていたのか」

栄造が驚いたような顔をした。

「わしらが四人いると知って、五人で待ち伏せしたのだな」

「旦那たちの跡を尾《つ》けたんですかい」

栄造が訊いた。

源九郎たちは口をつぐんでいっとき黙考していたが、

「……尾けられた様子が、ねえんだ」

と、孫六が首を捻《ひね》りながら、長屋を出るときから跡を尾けている者はいないか気を配っていたことを言い添えた。

「わしも、跡を尾けられたのではないような気がする」

源九郎が言うと、菅井もうなずいた。

「どういうことで」

栄造が腑に落ちないような顔をした。

「言いたくないが、長屋にまわし者がいるということだな」

源九郎がきびしい顔をして言った。

「だれだい、狗《いぬ》は」

栄造が声を荒立てて訊いた。

「わしには、分からぬ」

源九郎が言うと、菅井と孫六もきびしい顔をしてうなずいた。

次に口をひらく者がなく、座敷は重苦しい沈黙につつまれた。いっとき、五人は黙り込んでいたが、

「ともかく、まわし者を何とかしないと、わしらは皆殺しだぞ」

源九郎が言った。

「長屋にそんなやつがいるのか」

茂次が怒りに顔を染めた。

「まわし者を炙《あぶ》り出すいい手はないかな」

「路地木戸を見張ったらどうだ」

菅井が、まわし者は長屋の様子を仲間に知らせに行くはずだ、と言い添えた。

「面倒だが、それしか手はないか」

源九郎も手分けして路地木戸を見張り、うろんな者を目にしたら跡を尾けて行き先を確かめるしかないと思った。ただ、それも厄介《やっかい》である。

……何かいい手があれば、いいのだが。

源九郎は胸の内でつぶやいた。

「……ところで、駒五郎の塒《ねぐら》は知れたのか」

源九郎が、声をあらためて栄造に訊いた。栄造は、駒五郎を探っていたのである。

「駒五郎の居所はまだだが、賭場で中盆《なかぼん》をやっていた長兵衛《ちようべえ》という男の塒が知れやした」

栄造が源九郎たちに目をやりながら言った。

中盆は賭場の宰領で、貸元に代わって賭場を仕切っていることが多い。貸元の信頼の厚い右腕のような者が、中盆になるのである。

「長兵衛を捕らえて口を割らせれば、駒五郎の居所もつかめるとみてるんでさァ」

栄造が言った。

「早い方がいいな」

源九郎は間を置くと、長兵衛も姿を消すのではないかとみた。

「明日にも、村上の旦那に知らせて長兵衛をお縄にしやす」

栄造が低い声で言った。

「それがいい。……長兵衛のことは、栄造たちにまかせてもいいかな」

「あっしらで、やりやすよ」

「長兵衛を捕らえたら知らせてくれ」

「承知しやした」

それから、栄造は、源九郎たちと遊喜楼の勘兵衛や五年前に死んだ相撲の五平のことなどを話してから腰を上げた。

栄造が戸口から出ていった後、

「……わしらは、何とかまわし者を押さえよう」

源九郎が声をあらためて言った。

「いまから、路地木戸も見張りやすか」

孫六が訊いた。

「それもいいが、いつになるか分からんぞ」

源九郎は、一日中路地木戸を見張っているわけにはいかないと思った。それに、長い間見張っていたら、まわし者も気付くのではあるまいか。

「では、どうする」

菅井が訊いた。

「どうだ、わしらが囮《おとり》になったら」

「囮だと」

菅井が身を乗り出すようにして訊いた。

「そうだ、また、わしと菅井、孫六、平太の四人で、遊喜楼を探りに行くふりをして長屋を出るのだ。……長屋にいるまわし者がわしらの姿を目にすれば、跡を尾けてわしらを襲った者たちに知らせるはずだ。……そいつの跡を、茂次と三太郎とで尾けてもらう。そうすれば、まわし者がだれかも分かるし、わしらを襲った者の塒も分かるのではないか」

「そいつはいい」

茂次が声を上げた。

茂次の左腕の傷はだいぶ癒え、歩きまわっても支障はなかった。

「それで、いつやる」

菅井が目をひからせて訊いた。菅井も乗り気になっているようだ。

「早い方がいい。明日の朝だな」

「よし、長屋の狗をふん縛ってやる」

孫六が、意気込んで言った。

二

翌朝、明け六ツ（午前六時）の鐘が鳴ると、源九郎の家に菅井、孫六、平太の三人が姿を見せた。

源九郎もくわえた四人は、草鞋《わらじ》履きで網代笠《あじろがさ》や菅笠を持ち、いかにも遠出をするような恰好《かっこう》をして家を出た。

源九郎たちは長屋の路地木戸まで来ると、路地に目をやったり、背後を振り返ったりした後、路地に出て竪川の方へ足をむけた。

このとき、長屋の芥溜《ごみため》の陰に、茂次と三太郎が身を隠していた。源九郎たちを尾行する者がいたら、その者を尾けるのである。

「茂次さん、あの男は」

三太郎が小声で言った。

源九郎たちの後から、路地木戸を出ていく男がいた。

「あいつ、磯次だぞ」

おきくがならず者たちに襲われたときに助け、その後長屋に住むようになった屋根葺《ふ》き職人の磯次である。

磯次は屋根葺きらしく、紺の腰切り半纏《はんてん》に黒股引《ももひき》姿だった。手ぬぐいで頰っかむりしている。

「あいつかな」

茂次は首をひねった。磯次は、仕事に出かけるような恰好をしていた。怪しいところはない。

「あいつ、旦那たちが行った方へまがりやしたぜ」

三太郎が腰を浮かせて言った。

「様子を見てみよう」

茂次と三太郎は、急いで路地木戸をくぐり、磯次の方に目をやった。

磯次は、路地沿いの店の角や路傍の樹陰などをたどるようにして足早に歩いていく。

「やつだ！」

茂次は声を上げた。

磯次は、あきらかに先を行く源九郎たちから身を隠すようにして歩いていた。

「三太郎、やつを尾けるぞ」

「へい」

ふたりは路地に出た。

茂次と三太郎は、路地の物陰に身を隠しながら磯次の跡を尾けた。茂次たちの尾行は楽だった。磯次は、まったく背後に気を配る様子を見せなかったのだ。尾行者の自分が尾行されているなどとは、思ってもみないのだろう。

磯次の前を行く源九郎たちが、竪川にかかる一ツ目橋を渡って大川端に出た。すると、磯次も、一ツ目橋を渡った。

「まちげえねえ、狗は磯次だ」

茂次は確信した。

「磯次が、華町の旦那たちを襲ったやつらに、長屋の様子を知らせていたのか」

ふだん、あまり感情をあらわさない三太郎の顔にも怒りの色が浮いた。

「やつの仲間の居所をつきとめるんだ」

茂次たちは、磯次の跡を尾けた。

先を行く源九郎たちは、大川沿いの道から富ヶ岡八幡宮の門前通りを経て、永代寺門前町に入った。そして、遊喜楼近くのそば屋や土産屋などに立ち寄り、聞き込みをしているふりをした。

一方、磯次はしばらく源九郎たちの跡を尾けていたが、源九郎たちが遊喜楼の聞き込みをしていると思い込んだらしく、踵《きびす》を返して来た道を引き返してきた。

咄嗟《とっさ》に、茂次と三太郎は近くにあった下駄屋《げたや》に入って、磯次をやり過ごした。

「三太郎、やつの跡を尾けるぜ」

茂次が勢い込んで言った。

「へい」

ふたりは下駄屋から出ると、磯次の跡を尾け始めた。

尾行といっても、身を隠すようなことはしなかった。門前通りは、遊山《ゆさん》客や参詣客が行き交っていたので人影に隠れることができたし、磯次は背後を気にする様子はなく、振り返って見ることはなかったのだ。

磯次は富ヶ岡八幡宮の一ノ鳥居をくぐり、しばらく歩いてから右手の路地に入った。そこは、黒江町《くろえちよう》である。

路地に入ったために、磯次の姿が見えなくなった。

茂次は走りだした。三太郎も、後を追ってきた。

「三太郎、急げ」

路地の角まで来て目をやると、磯次の姿がすぐ近くに見えた。間がつまっている。茂次たちが走ったからである。

　そこは裏路地で、小店や古い仕舞屋《しもたや》などがごてごてとつづいていた。しばらく行くと、掘割に突き当たった。磯次は、掘割沿いの道をたどっていく。その辺りは寂しい地で、人影はすくなかった。路地沿いに小店や借家ふうの家がまばらにあったが、空き地や笹藪《ささやぶ》などが目についた。

　磯次は、板塀をめぐらせた仕舞屋の前に足をとめた。妾宅ふうのこぢんまりした家である。磯次は路地の左右に目をやった後、表戸をあけて家のなかに入った。

「家に入った」

　三太郎が、声を殺して言った。

「仲間の塒にちげねえ」

「どうしやす」

　三太郎が訊いた。

「もうすこし、様子をみよう」

　茂次と三太郎は路地沿いの笹藪の陰に身を隠して、磯次が入った家に目をやっていた。

　小半刻（三十分）もしただろうか。表戸があいて、磯次が姿を見せた。磯次は路地に出ると、そのまま引き返してきた。

茂次と三太郎は笹藪の陰に身を隠し、息をつめて磯次が通り過ぎるのを待った。磯次は茂次たちには気付かず、そのまま表通りの方にむかって歩いていく。

磯次の姿が遠ざかると、

「尾けやしょう」

三太郎が笹藪から出ようとした。

そのとき、茂次は仕舞屋の表戸があいて、人影が出てきたのを目にした。

「待て」

茂次は慌てて三太郎の肩先をつかんだ。

姿を見せたのは、大柄な武士だった。小袖に袴姿で二刀を帯びている。

「やつだ！　おれを襲ったひとりだ」

茂次は、その体軀《たいく》に見覚えがあった。大川端で茂次と平太を襲った四人のなかのひとり、大柄な武士である。

大柄な武士は、足早に茂次たちのひそんでいる方に歩いてきた。武士は茂次たちに気付かず、通り過ぎていく。

大柄な武士の後ろ姿が遠ざかったところで、

「兄い、やつの跡を尾けやすか」

と、訊いた。

「いや、いい。これで、磯次が、やつらにおれたちのことを探って知らせていたことがはっきりした。やつをたたけば、仲間のことは聞き出せるはずだ」

茂次と三太郎は路地に出ると、近くにあった八百屋の親爺に、仕舞屋に住む武士のことを訊いた。

親爺の話によると、武士の名は清水泉九郎《しみずせんくろう》で、一年ほど前から仕舞屋に年増《としま》と住むようになったそうだ。年増の名はおかよで、清水がかこっている妾ではないかという。

「牢人ではないのか」

茂次が訊いた。

「御家人の冷や飯食いだと聞いたことがありやすが、何をして暮らしているのか……」

そう言って、親爺は眉《まゆ》を寄せた。

三

「磯次が、まわし者だったのか」

源九郎の顔がけわしくなった。

源九郎の家に、源九郎、菅井、茂次、孫六、平太、三太郎の六人が集まっていた。暮れ六ツ（午後六時）を過ぎたばかりだった。座敷は薄暗かったが、だれも行灯《あんどん》に火を点《とも》さなかった。

「まちがいねえ。やつは、旦那たちの跡を尾けた後、あっしと平太を襲った二本差しの家に行きやした」

茂次が大柄な武士で、清水泉九郎という名であることを話した。

「清水は、わしらを襲ったひとりだな。……おそらく、清水は磯次から話を聞いて、今日もわしらを襲う気で家を出たのだ」

源九郎たちは襲われることを予想し、すこし遠回りになるが大川端沿いではなく別の道を通って長屋に帰ってきた。それで、清水たちに襲われずに済んだのである。

「どうする」

菅井が、低い声で訊いた。

その場に集まった男たちの目が、源九郎に集まっている。

「わしらで捕らえ、口を割らせよう。……磯次なら、勘兵衛や他の仲間のことも知っているはずだ」

源九郎がいつになくけわしい顔で言った。

「それで、いつやる」

「早い方がいい。……いまからだ」

磯次は正体がばれたことを知れば、すぐに長屋から姿を消すだろう、と源九郎はみた。

「茂次、磯次がいるかどうかみてきてくれ」

源九郎が言った。

「へい」

すぐに、茂次は立ち上がり戸口から出ていった。

源九郎たちは、部屋に籠《こも》ったまま茂次がもどってくるのを待った。

いっときすると、茂次がもどってきた。

「磯次はいやすが、おきくもいっしょでしたぜ」

「おきくもいっしょか」

「あのふたり、できてるんでさァ」

おきくは、磯次の家の流し場で洗い物をしていたようだ、と茂次が言い添えた。

「明日にするか」

と、菅井。

「いや、これからやろう。……おきくが磯次を慕っているならなおのこと、磯次が何者かはっきり知らせてやった方が、おきくのためだ」

そう言って、源九郎は立ち上がった。

菅井たちも立ち上がり、源九郎につづいた。

源九郎たちは、いつもの喧騒につつまれた長屋を歩き、磯次の家の前に立った。腰高障子の向こうから、磯次とおきくの声が聞こえてきた。おきくは土間の隅の流し場にいるようだった。磯次の声は座敷から聞こえた。

「磯次、入るぞ」

源九郎は声をかけ、腰高障子をあけた。

座敷のなかほどで、磯次は茶を飲んでいた。おきくが淹《い》れた茶であろう。おきくは、流し場に立って洗い物をしていた。まるで、ふたりは所帯を持ったばかりの若夫婦のようである。

磯次はいきなり入ってきた源九郎たちを見て、凍りついたように身を硬くしたが、すぐに戸惑うような顔をして、

「旦那方、何か、ありやしたか」

と、訊いた。

おきくも、後ろを振り返り、驚いたような顔をして源九郎たちを見ている。

「磯次に、訊きたいことがあってな。みんなで、来たのだ」

源九郎は土間に立ったまま磯次を見すえた。

「な、何を聞きてえんで……」

磯次の顔がこわばり、声が震えた。

「今日、どこへ出かけた」

源九郎が訊いた。

「仕事場で……」

磯次が語尾を濁した。

「黒江町の清水泉九郎の家が仕事場か」

「……!」

磯次の顔が凍りついたように固まった。見る間に顔から血の気が失《う》せ、紙のように蒼《あお》ざめてきた。

「清水は、わしや茂次たちを襲ったひとりだ。……磯次、おまえは清水たちの仲間だな」

「ち、ちがう……」

磯次は否定しかけたが、言葉を呑んだ。視線が揺れ、体の顫《ふる》えが激しくなった。

土間に立っているおきくは驚愕《きようがく》に目を剝《む》き、磯次を見つめている。

「おまえが手引きし、わしらを襲わせたのだ。……弥助を殺したのも清水たちであろう。長屋に閉じ込めておいた伊勢次を殺したのも、清水たちだな」

源九郎が言うと、

「てめえは、清水たちの狗だ。おれたちを探るために長屋に住み込んで、清水たちに知らせていたんだ」

茂次が、怒りに声を震わせて言った。

「おきくを助けたのも、仲間たちで仕組んだ狂言だな。……長屋に住むために、仲間におきくを襲わせ、助けたふりをしておきくに取り入ったのだ」

源九郎が強いひびきのある声で言った。

「ば、ばれちゃァ、しょうがねえ」

磯次は、源九郎たちに体をむけて胡座《あぐら》をかくと、

「すっぱりと、やってくれ」

と言ったが、その声は震え、顔は恐怖にひき攣《つ》っていた。

そのときだった。おきくが、飛び付くような勢いで磯次の前に来て座ると、

「磯次さんが、わたしを助けてくれたのは狂言じゃァありません」

源九郎たちを見つめ、強い口調で訴えた。

「おきく、騙《だま》されるんじゃァねえ。おめえを手籠《てご》めにしようとした男たちは、磯次の仲間にちげえねえんだ」

茂次が言った。

「で、でも、長屋に押し込んできた男たちから、磯次さんはわたしを助けてくれました」

「どういうことだ」

源九郎が訊いた。

「わたしが戸口から出たとき、ちょうど男たちが来て顔を合わせたんです。わたしが悲鳴を上げると、男のひとりが匕首《あいくち》で切りかかってきました。そのとき、磯次さんは死ぬ気で、わたしを助けてくれたんです」

おきくが、必死になって言った。

「それも、狂言ではないのか」

菅井が訊いた。

「ちがいます。男は怒って、磯次さんにも斬りつけようとしました。そのとき近くの家から長屋の人たちの声がし、男たちは慌てて逃げたのです。……長屋の人たちの声がしなかったら、磯次さんは、殺されていました」

「うむ……」

源九郎は、磯次が長屋でおきくを助けようとしたのは、狂言ではないようだ、と思った。長屋に押し入った者たちが通りかかったとき、おきくが戸口から出たのも、長屋の者の声がしたのも、狂言ではできないことである。

源九郎たちが口をつぐんだとき、

「お、おれは、権蔵親分に、死んだ与三次《よさじ》兄いの敵《かたき》を討つから手を貸せと言われて、長屋に来やした」

磯次が、肩を落として言った。

四

「与三次というと、相撲の五平の子分だった男か」

源九郎が声を大きくして訊いた。与三次は五平の片腕で、賭場をまかされていた男である。五平といっしょに捕らえられて断罪されたはずだ。

「そうで……」

磯次が小声で言った。

「おまえは、与三次の弟分だったのか」

源九郎が訊いた。

「弟分てえほどじゃァねえが、与三次兄いが賭場の貸元をしていたとき、可愛がってもらったんでさァ。……その兄いが旦那たちのためにつかまり、首を刎《は》ねられたと聞いて、兄いの敵を討てるなら、旦那たちのことを探ってもいいと思い、長屋に住むことにしたんでさァ」

「屋根葺きというのも嘘か」

「嘘じゃァねえ。いまは仕事に行ってねえが、与三次兄いたちがお縄になった後、あっしは屋根葺きの親方に奉公するようになったんで」

「そうか」

磯次は、それほど悪い男ではないようだ、と源九郎は思った。それに、おきくを死ぬ気で助けたのも、嘘ではないらしい。

おきくは磯次の脇に座り直し、蒼ざめた顔で身を顫わせていた。磯次といっしょになって、源九郎の話を聞いている。

「磯次、おまえも知ってるだろうが、相撲の五平は悪い男でな。娘たちを攫《さら》って女郎屋で働かせたり、賭場をひらいたり、揚げ句の果ては金ずくで殺しまで請け負っていた男だぞ」

源九郎が言った。

「知ってやす。……でも、与三次兄いは、あっしにはよくしてくれやした」

そう言って、磯次は頭《こうべ》を垂れた。

「いま、五平と同じような悪党がいる。そいつは、遊喜楼のあるじの勘兵衛のようだ。……そうだな、磯次」

源九郎が磯次を見すえて訊いた。

「へえ……。勘兵衛が何をしているか、薄々知ってやした」

磯次が小声で言った。

「それでも、権蔵や勘兵衛に味方してわしらを殺すつもりだったのか」

「権蔵親分は、勘兵衛とかかわりはねえと思ってやした。権蔵親分が、勘兵衛の子分と知ったのは、ちかごろのことで……」

磯次によると、屋根葺きの仲間に誘われて権蔵の賭場に顔を出したとき、権蔵の子分の寅六《とらろく》という男が磯次のことを知っていて、貸元の権蔵に会わせたという。そして、権蔵から、与三次の敵を討ってやりてえが、おめえ手を貸してくれねえか、と言われ、その気になったそうだ。

寅六は一ツ目橋の近くで、おきくを手籠めにしようとしたひとりだという。もうひとりも権蔵の子分で、重造だそうである。

「ところで、長屋の弥助という男が、簀《す》巻《ま》きにされ、竪川に投げ込まれて殺されたのだが、殺《や》ったのはだれだ」

源九郎が、磯次を見すえて訊いた。

「寅六や重造だと、聞きやした」

磯次によると、弥助が権蔵の賭場に来て、若い衆とささいなことで揉《も》めたとき、長屋にいる源九郎たちのことを口にしたのを権蔵が耳にし、寅六たちに、簀巻きにして伝兵衛長屋の近くに放り込め、と指図したらしいという。

権蔵は寅六たちに、弥助を殺し、源九郎たち長屋の者がどう動くかみたい、と話したそうである。

当初、清水たちは源九郎たちを恫喝《どうかつ》しただけだった。源九郎たちがどうするか、試す気持ちもあったのであろう。

「わしらの動きをみて、どうするつもりだったのだ」

源九郎が訊いた。

「あっしは小耳に挟んだだけで、くわしいことは知らねえが、勘兵衛がこうなったら五平の敵を討つしかねえ、と権蔵親分に話したらしいんでさァ。それで、あっしは旦那たちの動きを知らせろと言われたんで」

「そういうことか」

源九郎たちは、権蔵や勘兵衛の探索から手を引かなかった。

そこで、権蔵や勘兵衛は、はぐれ長屋にもぐり込ませていた磯次に源九郎たちの動向を探らせ、腕のたつ清水たちに執拗《しつよう》に襲わせた。そうした背景には、五年前に五平が源九郎たちに捕らえられたことがあったのであろう。勘兵衛たちは、同じ目に遭《あ》いたくないという思いが強かったにちがいない。

「権蔵だがな、いまどこにいるのだ」

源九郎が声をあらためて訊いた。

「伊勢崎町の借家におりやす」

磯次が、権蔵は仙台堀にかかる海辺橋のたもとちかくの借家におまさという情婦《い ろ》といっしょにいるという。

「伊勢崎町だな。……ところで、寅六と重造は」

源九郎は、寅六たちが権蔵といっしょに伊勢崎町の借家にいるとは思えなかった。

「遊喜楼に出入りしていると聞きやしたが……」

磯次は語尾を濁した。はっきりしないらしい。

「わしらを襲ったのは、五人だった。ひとりは清水だが、あとの四人は？」

源九郎は、他の四人の居所も知りたかった。

「二本差しは、依田《よ だ》の旦那と黒川《くろかわ》の旦那で」

依田八郎《はちろう》が牢人で、黒川助次郎《すけじろう》は御家人の冷や飯食いだという。清水と依田は、金ずくで殺しを引き受けている男で、勘兵衛が殺し人の元締めをしているそうだ。また、黒川は権蔵の賭場で用心棒をしていたという。

「依田と黒川の塒は」

源九郎が訊いた。

「黒川の旦那は、遊喜楼にいるかもしれねえ」

磯次によると、依田の塒は分からないという。

「他のふたりは？」

「平造《へいぞう》と永助《えいすけ》でさァ」

磯次によると、ふたりは勘兵衛の子分で、遊喜楼にいることが多いそうだ。

源九郎は念のために駒五郎の塒も訊いたが、磯次は知らないという。

「ところで、勘兵衛だがな。……相撲の五平とはどういうかかわりなのだ」

源九郎が磯次に目をやって訊いた。何か特別につながりがあったはずである。

「死んだ五平親分の腹違いの弟だと、聞いたことがありやす」

「品川で、女郎屋をやってたそうだな」

「へい、五平親分の女郎屋にいた女を品川の女郎屋にまわすこともあったそうでさァ」

「すると、五平が生きていたころから、勘兵衛とつながりがあったのだな」

「そう聞いていやす」

「それで、五平が死んだ後、深川に乗り出してきたのか」

源九郎は、勘兵衛が五平と同じように深川の闇社会を牛耳《ぎゅうじ》るようになった背景が分かったような気がした。

源九郎たちの訊問《じんもん》がひととおり終わったとき、

「それで、磯次はどうしやす」

孫六が、男たちに視線をまわして訊いた。

「どうしたものかな」

源九郎は、磯次が隠さずに話したこともあり、町方に渡すのもかわいそうな気がした。村上に引き渡し、勘兵衛一味のひとりとして吟味されれば、敲《たた》きや所払いぐらいではすまないだろう。

源九郎が逡巡《しゅんじゅん》していると、

「おれが、ここで始末してやってもいいぞ。おれは、磯次のお蔭で殺されかかったのだからな」

菅井が磯次を見すえて、刀の柄《つか》に右手を添えた。

「……！」

磯次の顔がこわばり、体が激しく顫えだした。この場で、菅井に斬られると思ったらしい。

そのとき、おきくが膝先を菅井にむけ、

「磯次さんを殺すなら、先にわたしを殺して！……磯次さんは、悪いひとじゃァありません。命懸けで、わたしを助けてくれたんだから」

おきくが、必死になって訴えた。

「おきくを、斬るな！　おきくは、何もしてねえ」

磯次が身を乗り出し、声を震わせて言った。

「うむ……」

菅井は柄を握ったまま顔をしかめていたが、

「仕方がない。ふたりの気持ちに免じて、助けてやる」

そう言って、刀の柄から手を離した。

その場にいた孫六たちの口から、「それがいい」「磯次も長屋の者だ」などという声が洩《も》れた。

源九郎は菅井を横目で見ながら、

……うまく、裁いたな。

と、胸の内でつぶやいた。

菅井は初めから磯次を助けるつもりで、おれが斬る、と言い出したようだ。おそらく、菅井はおきくが助けに入ることも、孫六や茂次たちがおきくに味方することも予想していたのだろう。

五

源九郎は磯次から話を聞いた翌日、孫六とふたりで浅草諏訪町に足を運んだ。栄造に会うためである。

栄造はお勝《かつ》という女房に、勝栄《かつえい》というそば屋をやらせていた。お上の御用がないときは、栄造もそば屋を手伝っている。勝栄という店名は、お勝と栄造の名からとったそうだ。

源九郎と孫六は勝栄の小座敷に腰を落ち着けると、磯次から聞いた話を一通り伝えた。

「さすが、華町の旦那たちだ。これで、勘兵衛一味をお縄にできやすぜ」

栄造が昂《たかぶ》った声で言った。

「それで、駒五郎の塒は知れたのか」

源九郎が訊いた。駒五郎の居所だけが、まだ分かっていなかったのだ。

「知れやしたぜ。……入船町の料理屋に身をひそめていやした」

吉松屋《よしまつや》という料理屋で、駒五郎の情婦、お峰《みね》に女将《おかみ》をやらせているそうだ。栄造が話したことによると、中盆の長兵衛は捕えられなかったが。駒五郎の賭場に出入りしていた男から吉松屋のことを聞いたという。

「それに、吉松屋には駒五郎の子分の他に、牢人者がひとり寝泊まりしているようです」

「依田八郎ではないか」

すぐに、源九郎が言った。磯次から、依田の名を聞いていたのだ。

「そうかもしれやせん」

栄造がうなずいた。

「どうするな。……わしらには、勘兵衛一味を捕らえることはできんが」

源九郎は、町方に任せるつもりだった。ただ、清水、依田、黒川の三人を捕らえるおりは、手を貸してもいいと思っていた。三人はいずれも遣い手だった。町方が捕縛するには、大勢の犠牲者が出るだろう。それに、源九郎は清水や依田と、ひとりの剣客として勝負を決したい気持ちもあったのだ。おそらく、菅井も同じ思いであろう。

「村上の旦那に話し、指図にしたがうつもりでいやすが……。華町の旦那たちにも手を貸してもらうことになるかもしれやせん。……なにせ、やつらの居所はばらばらで、捕方を集めるだけでも厄介なんでさァ」

栄造が顔をひきしめて言った。

「清水や依田たちを捕らえるときは、言ってくれ」

「ありがてえ。……村上の旦那も、そう願うはずで」

栄造が言った。

それから、源九郎と孫六は栄造にそばと酒を頼んだ。源九郎はそばだけでいいと思ったのだが、孫六が源九郎より先に酒を頼んだのだ。

二日後、栄造から連絡があった。まず、捕方を二分して権蔵と駒五郎の塒を同時に襲い、ふたりといっしょにいる子分たちも捕らえるという。

「華町の旦那と菅井の旦那は、あっしといっしょに入船町に行ってもらいてえ。入船町には子分もいるし、依田もいやすんで――」

栄造によると、村上が駒五郎の塒を襲い、村上と同じ南町奉行の定廻り同心の篠崎賢次郎《しのざきけんじろう》が、権蔵の塒に向かうという。

権蔵は伊勢崎町の借家に情婦といっしょにおり、子分はいないので、篠崎と捕方だけで十分だという。

「承知した」

源九郎は、菅井も行くだろうと思った。

翌朝、源九郎、菅井、孫六の三人ははぐれ長屋を出ると、竪川沿いの道を東にむかい、二ツ目橋を渡った。一ツ目橋を渡って大川端の道を川下にむかうより、二ツ目橋を渡ってまっすぐ南に向かう方が、入船町へ行くには近いのだ。

源九郎たちは仙台堀にかかる海辺橋を渡ると、仙台堀沿いの道を東にむかい、大和町《やまとちよう》に入ってから南に足をむけた。そして、三十三間堂の前を通って、掘割にかかる汐見《しおみ》橋のたもとに出た。その辺りが、入船町である。

「旦那、あそこに、栄造がいやすぜ」

孫六が指差した。

橋のたもとの堀際の樹陰に、栄造の姿があった。源九郎たちを待っていたようだ。

「遠いところ、ご苦労さまで」

栄造が、源九郎たちに頭を下げた。

「どうだ、駒五郎はいるか」

源九郎が訊いた。

「いやす。……依田もいっしょですぜ」

栄造が低い声で言った。

「村上どのたちは？」

「小半刻（三十分）ほど前《めえ》にみえやした」

栄造によると、捕方も二十人余が集まっているという。

「行ってみよう」

源九郎が言った。

「橋を渡った先でさァ」

栄造が先にたって汐見橋を渡り始めた。

橋を渡ると、通りの左右に料理屋、そば屋、一膳めし屋などが目についた。通りを西に向かうと洲崎《すさき》という景勝地があり、その先には洲崎弁財天社もあることから遊山《ゆさん》客や参詣客などが多かった。

橋のたもとから二町ほど歩いたところで、栄造が足をとめ、

「あの店の陰に、村上さまたちはおりやす」

栄造が通り沿いの店を指差して言った。

何を売る店だったのか、つぶれて久しいらしい。表戸はしまっていたが、朽ちかけて庇《ひさし》が垂れ下がっている。

源九郎たちは、すぐに店の陰にまわった。村上をはじめ二十数人の捕方がいた。岡っ引きや下っ引き、それに捕方として連れてきた奉行所の中間《ちゅうげん》や小者もいるようだ。刺又《さすまた》や袖搦《そでがらみ》などの長柄《ながえ》の捕具を手にしている者はいなかったが、六尺棒を持っている者は何人かいた。

「また、ふたりに手を借りることになったな」

村上が苦笑いを浮かべて言った。

村上は、五平を捕縛したときのことを思い出したようだ。五年ほど前、源九郎たちは村上とともに五平一味を捕縛したのである。

「吉松屋は？」

源九郎が訊いた。通り沿いにそれらしい料理屋はなかったが、村上たちがここにいるのは、吉松屋が付近にあるからだろう。

「そこに、そば屋があるな。吉松屋は、脇の通りを入ってすぐのところだ」

村上が指差した。

通りの斜向《はす》かいにそば屋があった。脇に、細い通りがある。通り沿いにも、店屋があるようだった。

「いま、手先が様子を見に行っている。すぐ、もどるはずだ」

村上がそう言ったとき、岡っ引きらしい男が駆け寄ってきた。

「益造《ますぞう》、どうだ様子は」

すぐに、村上が訊いた。岡っ引きらしい男は、益造という名らしい。

「へい、さきほど店があきやした。まだ、客はいやせん」

「よし、踏み込むぞ。……栄造、十人ほど連れて、裏手にまわってくれ」

村上が栄造に言った。

「へい」

栄造が応えると、十人ほどの捕方が栄造のそばに集まった。すでに、村上たちの間で、吉松屋に踏み込む手筈《てはず》が相談してあり、捕方にも指示してあったようだ。

「華町たちふたりには、依田を頼みたい。……遣い手らしいからな」

村上が源九郎に顔をむけて言った。

「承知した」

「よし、行くぞ」

村上たち一隊が、店の陰から表通りに出た。

源九郎、菅井、孫六の三人は、一隊の後方についた。

六

吉松屋は二階建ての料理屋だった。源九郎が思っていたより大きな店で、その通りでは目を引いた。

店先に暖簾《のれん》が出ていたが、まだ客は入っていないらしくひっそりとしていた。

通りにはちらほら人影があり、捕方の一隊を目にすると、慌てて路傍に身を寄せた。

村上は店先に立つと、

「栄造、行け!」

と、声をかけた。

すぐに、栄造とそばにいた十人ほどの捕方が、店の脇を通って裏手にむかった。裏口をかため、逃げようとする者がいたら捕らえるのである。

栄造たちの姿が消えると、

「踏み込むぞ!」

と、村上が捕方たちに声をかけた。

そのとき、源九郎の脇にいた菅井が、

「華町、依田はおれに斬らせてくれ」

と、目をひからせて言った。

菅井は依田と一度立ち合っていたので、ここで決着をつけたいらしい。

「いいだろう」

源九郎は、菅井に依田をまかせようと思った。

吉松屋の戸口は格子戸で、柱に掛け行灯があった。脇に、つつじの植え込みがあり、籬《まがき》とちいさな石灯籠《いしどうろう》が配置されていた。料理屋らしい小洒落《こじゃれ》た店先である。

村上たち捕方の一隊は、格子戸をあけて店内に踏み込んだ。土間の先に板間があり、右手に二階に上がる階段があった。階段の脇が、奥につづく廊下になっている。左手は帳場になっていた。

帳場に、女将らしい年増と恰幅《かっぷく》のいい赤ら顔の男がいた。男は店に入ってきた捕方の一隊を見て、ギョッとしたように立ち竦《すく》んだが、慌てて奥へ逃げようとした。

年増はひき攣ったような顔をして、その場にへたり込んだ。驚愕《きょうがく》と恐怖で、腰が抜けたのかもしれない。

「やつが、駒五郎だ！」

捕方のひとりが叫んだ。駒五郎を目にしたことがあるようだ。

「捕れ！　やつを逃がすな」

村上が声を上げた。

すぐに、五、六人の捕方が板間に飛び上がり、帳場へ走り込んだ。そして、逃げようとした駒五郎に捕方のひとりが飛びかかり、羽織の肩先を摑《つか》んでひきとめた。そこへ、三人の捕方が襲いかかり、その場に押し倒した。

「踏み込め！」

村上が叫ぶと、土間にいた捕方たちが、いっせいに板間に上がり、階段の脇の廊下へむかった。廊下沿いに、客を入れる座敷があるらしい。

そのとき、「何の騒ぎだ！」という声が聞こえ、階段の脇の廊下に人影があらわれた。牢人体である。

……依田だ！

源九郎はその体軀に見覚えがあった。

「やつは、おれが斬る」

菅井が板間に上がり、廊下に足をむけた。

「菅井か」

依田は板間に出たところで足をむけ、菅井と相対した。総髪で、細い目をしていた。小袖に袴姿、左手に大刀を引っ提げている。

「依田、ここで勝負をつけさせてもらうぞ」

菅井が、後じさりながら言った。板間に、依田を引き出すつもりらしい。

源九郎は板間の隅にいた。いつでも抜けるように、左手で刀の鍔元《つばもと》を握り、鯉《こい》口《ぐち》を切っている。菅井が後れをとるようなら、助太刀するつもりだった。

「やるしかないようだな」

依田は刀を抜き、鞘《さや》を板間の隅に置いた。

依田は菅井を見つめたまま刀身をゆっくりと下げ、下段に構えた。対する菅井は、左手で鍔元を握って鯉口を切り、右手を柄に添えて居合腰に沈めた。居合の抜刀体勢をとったのである。

ふたりの間合は、およそ二間半――。真剣での立ち合い間合としては近い。狭い板間では、間合をひろくとれなかったのだ。

菅井は気を静め、依田との間合と気の動きを読んでいた。依田が斬撃をしかける一瞬をとらえようとしていたのである。

居合は敵と対峙《たいじ》したときだけでなく、さまざまな状況や場面を想定した刀法や体捌《たいさば》きが工夫されていた。敵と対座しているとき、道で擦れ違ったとき、敵がふたり、三人の場合、背後から斬りつけられたとき等々である。

したがって、狭い板間で立ち合うのは、菅井にとって有利かもしれない。

依田が趾《あしゆび》を這《は》うように動かし、ジリッ、ジリッ、と間合を狭めてきた。菅井は動かなかった。気を静めて、抜刀の機をうかがっている。

……依田は、突きか逆袈裟《ぎゃくげさ》にくる！

と、菅井は読んだ。

狭い室内で、下段から刀を振り上げて斬り込むのはむずかしい。鴨居や障子などの障害物があるからだ。

ふたりの間合が狭まるにつれて斬撃の気が高まり、痺《しび》れるような殺気がはなたれた。

ふいに、依田の寄り身がとまった。一歩踏み込めば、切っ先のとどく間合に入っている。

そのとき、廊下の先で、ギャッ！　という悲鳴が上がり、家具の倒れるような音がした。捕方たちが、駒五郎の子分の捕縛にあたっているらしい。

その悲鳴で、依田が動いた。

依田の全身に斬撃の気がはしり、下段に構えた切っ先が、ピクッ、と動いた。

……くる！

察知した刹那《せつな》、菅井が抜きつけた。

イヤアッ！

鋭い気合がひびき、腰元から閃光《せんこう》がはしった。

迅《はや》い！

一瞬の稲妻のような居合の抜きつけの一刀である。

ほぼ同時に、下段から依田が逆袈裟に斬り上げた。

二筋の閃光が交差した次の瞬間、ふたりは背後に跳んでいた。

居合と下段からの斬撃——。一瞬の攻防である。

菅井は脇構えにとり、依田はふたたび下段に構えた。

依田の顔がゆがみ、下段に構えた刀身が小刻みに震えていた。依田の右腕が血に染まり、血が赤い筋を引いて板間に流れ落ちている。

菅井は依田が逆袈裟に斬り上げる一瞬をとらえ、抜きつけの一刀で依田の右腕をねらったのである。

一方、依田の斬撃は菅井の右袖をかすめて空を切った。一瞬迅く、菅井が依田の右腕を斬ったために太刀筋が乱れたのである。

「依田、勝負あったな」

菅井が依田を見すえて言った。細い目が、切っ先のようにひかっている。

叫びざま、依田は摺《す》り足で間合をせばめてきた。

「まだだ！」

依田はすこしずつ切っ先を上げ、ほぼ青眼に近い構えをとった。そして、一足一刀の間境に迫るや否やしかけた。

キエッ！

依田が甲走った気合を発し、菅井の胸を狙って突きをはなった。

刹那、菅井は左手に一歩踏み込みざま、脇構えから横に刀身を払った。一瞬の太刀捌《たちさば》きである。

菅井の切っ先が、依田の首筋をとらえた。次の瞬間、ビュッ、と血が赤い帯のように飛んだ。切っ先が依田の首の血管《ちくだ》を斬ったのである。

依田は血を撒《ま》きながら前によろめき、足がとまると、腰からくずれるように転倒した。依田は俯《うつぶ》せに倒れ、四肢を痙攣《けいれん》させていたが、すぐに動かなくなった。呻《うめ》き声も喘鳴《ぜんめい》も聞こえない。絶命したようである。首筋から流れ出た血が、依田の体を包むように赤くひろがっていく。

菅井は依田のそばに立つと、刀に血振《ちぶ》り（刀身を振って血を切る）をくれ、ゆっくりと納刀した。菅井の前髪が額に垂れ、顔が赭黒《あかぐろ》く染まり、細い目が切っ先のようにひかっている。夜叉《やしゃ》のような顔である。

源九郎が菅井のそばに身を寄せ、

「菅井、見事だ」

と、声をかけた。

菅井は源九郎に目をむけ、ニタリと嗤《わら》った。夜叉のような顔が、よけい不気味に見える。

吉松屋での捕物は終わった。

駒五郎をはじめ、店にいた子分たちは捕方の手で捕らえられた。子分のなかには、中盆の長兵衛、それに、寅六と重造もいた。三人はそれぞれの塒にいづらくなり、吉松屋に身を隠していたらしい。また、帳場に駒五郎といっしょにいた年増は、店の女将で駒五郎の情婦でもあるお峰だった。

孫六が捕らえられた寅六と重造に目をやって、

「これで、弥助も成仏できやすぜ」

と、しんみりした口調で言った。

「そうだな」

源九郎も、弥助の敵はとれたと思った。

寅六と重造は、弥助を簀巻きにして竪川へ放り込んだだけでなく、賭場の貸元をしていた権蔵の子分でもある。斬罪は免れないだろう。

村上が、縄をかけられた駒五郎や子分たちを見回し、

「引っ立てろ！」

と、捕方たちに声をかけた。

一方、伊勢崎町の権蔵の借家にむかった篠崎たちは、ひそんでいた権蔵を難なく捕えることができた。借家には、権蔵と情婦しかいなかったこともあり、権蔵は捕方に抵抗することもなく縄を受けたという。

第六章　夜明けの死闘

一

月が出ていた。静かな夜である。はぐれ長屋は夜陰につつまれ、ひっそりと寝静まっていた。長屋のあちこちにいくつかの人影があった。

男たちが、足音を忍ばせて路地木戸の方へ歩いていく。そして、路地木戸を出たところで足をとめた。顔を合わせたのは、源九郎、茂次、平太、三太郎の四人である。

「菅井と孫六は、まだだな」

源九郎が集まっている男たちに目をやって言った。菅井と孫六の姿がなかったのである。

いっときすると、小走りに近付いてくる足音がし、孫六があらわれた。つづいて、足早に歩いてくる菅井の姿が見えた。

「そろったようだな」

源九郎たち六人は、これから深川永代寺門前町へ行くところだった。夜明け時を狙い、遊喜楼に押し入って、勘兵衛をはじめ手下や殺し人を捕らえるためである。

寅《とら》ノ上刻（午前三時過ぎ）ごろであろうか。まだ、路地木戸の前の路地は深い夜の帳《とばり》につつまれて、人影はまったくなかった。

源九郎たちは路地を経て、竪川沿いの通りに出た。

「この先の桟橋ですぜ」

茂次が言った。

一ツ目橋の近くに、船宿で借りておいた猪牙舟《ちょきぶね》が舫《もや》ってあった。その舟で、永代寺門前町まで行くつもりだった。

舟の艫《とも》に立って棹《さお》を手にしたのは、茂次だった。腕の傷も癒え、棹を使えるようになったのである。もうひとり、平太が舳先《へさき》に立って棹を握った。

茂次は何とか舟を扱える程度で、夜中に大川を下るのは心許無かった。それで、平太も棹を手にしたのである。平太も舟の扱いは初心者にちかかったが、鳶《とび》で身軽だったので役に立つだろう。

茂次は源九郎たち四人が舟に乗り込むと、

「舟を出しやすぜ！」

と声をかけ、棹を使って舟を桟橋から離した。

舟はふらつきながらも、大川にむかって進んだ。幸い、風のない静かな月夜だった。それに、他の船影はまったくなかったので、何かに突き当たって沈むようなことはないだろう。

舟は大川へ出ると、水押《みよし》を下流にむけた。後は、大川の流れにまかせておけばいい。深川近くまで行けるだろう。

源九郎たちの乗る舟は、深川熊井町を左手に見ながら掘割に入った。そして、掘割をたどり、掘割にかかる黒船橋をくぐったところで左手にあった船寄に舟を近付けた。

茂次と平太は、何とか舟縁を船寄に着けると、

「下りてくだせえ」

と、茂次が声をかけた。

源九郎たちが舟から下りると、茂次は舫い杭に舟をつないでから下りた。

「こっちだ」

孫六が先にたった。

ここから先の道筋は、孫六が知っていた。孫六の先導で、源九郎たちは永代寺門前町の町筋を抜け、富ヶ岡八幡宮の門前通りに出た。

門前通りは、ひっそりとしていた。深夜になっても酔客や女郎買いにきた男などが行き交っている町だが、さすがに払暁前のいまは人影もなく夜の静寂《しじま》につつまれている。

だが、遊喜楼の近くまで行くと、通りの端に立っているいくつもの黒い人影が見えた。村上の率いる捕方の一隊である。

源九郎たちの姿に気付いたのか、遊喜楼の脇にいた男がふたり足早に近付いてきた。村上と栄造である。

「華町、手間をかけるな」

村上が低い声で言った。いつになく、村上の顔はひきしまり、双眸《そうぼう》が底びかりしていた。いよいよ勘兵衛を捕縛することになり、気が昂《たかぶ》っているようだ。

「遊喜楼に、変わりないのか」

源九郎が訊《き》いた。

「変わりない。勘兵衛も黒川も、いるようだ。……それに、流連《いつづけ》の客もいる。女郎たちもな」

村上が、源九郎のそばにいる菅井たちにも聞こえるように話した。

源九郎は、遊喜楼に目をやった。二階の部屋のいくつかに、かすかな灯《ひ》の色があった。流連の客か、女郎たちのいる部屋ではないかと思った。

それから、源九郎たちは村上が呼んだ島吉《しまきち》という岡っ引きから、遊喜楼のなかの様子を訊いた。島吉は深川を縄張りにしていたことがあり、顔見知りの遊喜楼の若い衆から店の様子を聞いたという。

島吉によると、店のあるじと女将《おかみ》の部屋は、表の戸口に近い帳場の奥にあるという。また、奉公人や若い衆などは、裏手の台所近くの奉公人部屋にいるそうだ。

「黒川や勘兵衛の子分たちは、奉公人部屋にいるとみていいな」

村上が言い添えた。

「女郎は？」

源九郎が訊いた。春日屋のおすみを助け出さねばならない。

「二階の隅でさァ。いま、灯の点《とも》っている部屋かもしれねえ」

島吉が二階を見上げて言った。

二階の隅に、かすかに灯の色があった。

「分かった」

源九郎、孫六、茂次の三人で、おすみを助け出す手筈《てはず》になっていた。遊喜楼のなかで闘うことになるので、居合の遣える菅井が捕方たちの様子を見て黒川にあたることになるだろう。

三太郎と平太は、遊喜楼の店先に身を隠していた。捕方の手から逃れる者がいれば、跡を尾《つ》けて行き先をつきとめるのである。

「そろそろだな」

村上が東の空に目をやって言った。

空が明らみ、曙色《あけぼのいろ》に染まっている。上空も夜陰がうすれ、星の瞬きも明るさを失ってきていた。

町筋が白み、通り沿いの店々がその輪郭をはっきりとあらわし、遊喜楼の戸口の紅殻《ベンガラ》格子や植え込みなどが色彩を取り戻しつつあった。

村上は、脇にいた定廻り同心の篠崎に顔をむけ、

「篠崎、裏手を頼む」

と、声をかけた。

今日は大捕物になることが予想され、篠崎もくわわったのである。

「心得た」

すぐに、篠崎は近くに集まっていた捕方に声をかけた。

十数人の捕方が、篠崎に率いられて店の脇を通って裏手にまわった。裏手から逃げようとする者を捕らえるのである。

「行くぞ」

村上が捕方たちに声をかけた。

総勢三十人余。捕方たちのなかに、提灯《ちょうちん》、十手、六尺棒などの他に、鉈《なた》や掛《かけ》矢《や》を持っている者もいた。鉈や掛矢は、踏み込むおりに戸をぶち破るために使うのである。

村上につづき、捕方たちが足音を忍ばせて格子戸に近付いた。

二

「戸はあくか」

村上が格子戸の前にいる捕方に声をかけた。

「あきません」

捕方が答えた。

「鉈を遣え！」

村上は掛矢を遣うほどのことはないとみたようだ。

「へい！」

すぐに、鉈を手にした大柄な捕方が、鉈を格子に振り下ろした。

バキッ、と音がし、鉈は簡単に格子を打ち破った。捕方は、破られた格子の間から手を差し入れてなかを探り、かってあった心張り棒を取り外した。

戸はすぐにあいた。店内はまだ暗かったが、目が慣れると、なかの造りがみてとれた。

土間につづいてひろい板間があり、左手が帳場になっていた。帳場の前に二階に上がる階段がある。

右手には、廊下があった。一階の座敷につながっているようだ。

廊下の奥で、夜具を撥《は》ね除《の》けるような音や床を踏む音などが聞こえた。格子戸をぶち破った音で、奉公人が目を覚ましたのかもしれない。

「踏み込め！」

村上が捕方たちに声をかけた。

すぐに、捕方たちは二手に分かれた。廊下へむかう一隊と、帳場の奥へむかう一隊である。菅井は栄造とともに、廊下に踏み込んだ。奉公人たちのいる部屋が店の裏手にあり、そこに黒川がいるとみたからである。

村上は板間のなかほどに数人の捕方を残し、

「島吉、いっしょに来い」

と声をかけ、七、八人の捕方とともに帳場の奥へむかった。勘兵衛を捕らえるためである。

源九郎は茂次と孫六を連れ、階段に足をむけた。女郎部屋にいるであろうおすみを、助け出すつもりだった。

源九郎たち三人は、階段を上がった。階段を上がったところに奥へ通じる廊下があり、廊下の右手に座敷がつづいていた。客が女郎と遊ぶ部屋であろう。

一階の奥から、男の怒号や床を踏む音、荒々しく障子をあける音などが聞こえた。捕方たちが奉公人たちのいる部屋へ踏み込んだらしい。

二階は静かだった。源九郎たちは廊下を奥にむかった。廊下沿いに障子が明らんでいる部屋がいくつかあり、夜具を動かすような音や男と女のくぐもった声などが聞こえた。一階の物音で、目を覚ました客や女郎がいるのだろう。

源九郎はひとのいる気配のする部屋の前まで来ると、障子を開け放ち、

「春日屋のおすみは、いるか」

と、声をかけた。

部屋のなかは暗かったが、敷いてある派手な夜具や衣桁《いこう》に掛けられた着物が識別でき、部屋の隅に逃れようとしている半裸の女の肌が、白く浮き上がったように見えた。

「い、いません……」

女が声を震わせて言った。

「おすみは、どこにいる」

源九郎が声を大きくして訊いた。

女は緋色《ひいろ》の襦袢《じゆばん》の胸元を合わせながら言った。

「お、奥の部屋に……」

源九郎は障子をしめ、「奥だ！」と茂次と孫六に声をかけ、廊下を奥に進んだ。

廊下の突き当たりの障子が、仄《ほの》かに白んでいた。窓側の黎明《れいめい》のひかりを映じているらしい。その部屋から、何人かの女の声が聞こえた。女郎たちの部屋のようだ。

「旦那、ここですぜ」

言いざま、茂次が障子を開け放った。

キャッ！　という複数の女の悲鳴が聞こえ、薄闇のなかに、四、五人の女が見えた。女たちは、錯乱状態だった。盗賊でも踏み込んできたと思ったのであろうか。布団の上で悲鳴を上げている女、四つん這《ば》いになって部屋の隅へ逃げる女、ふたりで抱き合って震えている女……。いずれも、色白の若い女である。

「おすみは、いるか。春日屋のおすみだ」

源九郎が訊いた。

女たちは源九郎に顔をむけたが、すぐに答えが返ってこなかった。女たちは、何事が起こったのか分からなかったらしい。

「吉造に頼まれて助けに来たのだ。……おすみ、いないのか」

源九郎は吉造の名を出した。

すると、部屋の隅で身を顫《ふる》わせていた女が、

「あ、あたしです」

と言って、ふらっと立ち上がった。

ほっそりとした色白の娘だった。体の線や襦袢の襟元を両手でつかんだ仕草に、まだ子供らしさが残っている。緋色の襦袢が体に馴染《なじ》んでいないらしく、人形の衣装のように見えた。

「おすみか、助けに来たぜ」

茂次がおすみに近寄り、

「その恰好《かっこう》じゃァ、風邪をひく。おめえの着物は、どこにある」

と、訊いた。

おすみは、襦袢の裾が乱れたせいもあって、白い足が太股《ふともも》のあたりまであらわになっていた。

おすみは自分のあらわな姿に気付いたのか、恥ずかしげな顔をしたが、

「部屋にあります」

と言って急いで部屋にもどると、衣桁にかけてあった小袖に腕を通し、しごき帯をしめた。

これを見た源九郎は、

「茂次、孫六、おすみを連れてきてくれ」

と言って、ふたりにおすみを頼み、廊下を小走りに引き返した。勘兵衛がどうなったか気になっていたのである。

源九郎は階段を下りると、帳場の奥にむかった。

三

御用！　御用！

捕方の声が聞こえた。つづいて、帳場の奥から男の怒号と荒々しく床板を踏む音などがひびいた。

源九郎は、帳場の奥の障子をあけはなった。座敷のなかほどに大柄な男が、長脇差を振りかざして立っていた。

四十代半ばと思われるでっぷり太った男である。赤ら顔で眉《まゆ》が濃く、黒ずんだ厚い唇をしている。

男の寝間着は乱れ、元結《もとゆい》が切れてざんばら髪だった。捕方の六尺棒で顔を殴られたのであろうか。左の瞼が腫《は》れ上がっている。

……勘兵衛だ！

源九郎は一目見て、勘兵衛と分かった。相撲《すもう》の五平を見るようだった。顔付きがそっくりというわけではなかったが、ふてぶてしい雰囲気が五平を彷彿《ほうふつ》させたのである。

「皆殺しにしてやる！」

勘兵衛が叫んだ。

歯を剝《む》き出し、ざんばら髪を振り乱している。まさに、追いつめられた手負いの巨熊のようである。

捕方が、勘兵衛のまわりをとりかこんでいた。御用！　御用！　と声を上げ、十手や六尺棒をむけているが、いずれも腰が引けている。勘兵衛の死に物狂いの迫力に圧倒されているようだ。

「捕れ！　勘兵衛を捕れ！」

村上が叱咤《しった》するように叫んだ。

だが、捕方たちはなかなか踏み込めなかった。

源九郎は抜刀すると、勘兵衛の前に立ち、

「わしが相手になってやろう」

と言い、切っ先を勘兵衛にむけた。

「てめえか、華町は！」

勘兵衛が吼《ほ》えるような声で言った。

「そうだ。……相撲の五平は、わしらが冥土《めいど》に送ってやった。おまえも、五平の後を追うがいい」

源九郎は言いざま、一歩踏み込んだ。

「ちくしょう！」

いきなり、勘兵衛が斬り込んできた。

大きな体でぶつかってくるような捨て身の攻撃である。

間髪をいれず、源九郎が右手に身を寄せながら刀身を袈裟《けさ》に斬り下ろした。一瞬の太刀捌《たちさば》きである。

その切っ先が、前に斬り込んで伸びた勘兵衛の右の前腕をとらえた。ざばっ、という音がした次の瞬間、勘兵衛の前腕が折れまがったように垂れ下がった。源九郎の鋭い一撃が、皮だけ残して、勘兵衛の腕を截断《せつだん》したのである。

グワッ！

獣の咆哮《ほうこう》のような声を上げ、勘兵衛が前によろめいた。截断された腕から、筧《かけい》の水のように血が流れ出ている。

「勘兵衛を押さえろ！」

村上が叫んだ。

すると、六尺棒を手にした捕方のひとりが、踏み込みざま六尺棒を振り下ろした。

ゴン、という重い音がし、勘兵衛の首が横にかしいだように見えた。

勘兵衛は、目を剝いたまま腰からくずれるように転倒した。頭を強打され、失神したらしい。

村上の指図で、捕方たちが倒れた勘兵衛を起こして縄をかけた。そして、截断された右腕の斬り口近くを細引で強く縛り、出血をとめた。村上は勘兵衛を生かしたまま捕らえたかったらしい。一連の事件を自白させるためであろう。

そのころ、菅井と黒川の闘いも終わっていた。

菅井は、遊喜楼の廊下で黒川と立ち合い、居合の抜きつけの一刀で黒川の脇腹を斬った。黒川は腹を押さえて逃げようとしたが、菅井は背後から迫り、切っ先で心ノ臓を突いて仕留めたのである。

また、裏手をかためていた篠崎に率いられた一隊が、背戸から逃げようとした平造と永助を捕らえた。

村上と篠崎は捕方たちとともに、捕らえた勘兵衛や手先たちを連れて遊喜楼の店先に姿を見せた。

源九郎たちはおすみを連れて遊喜楼から出ると、村上たちとは離れた場所に集まった。

朝陽が東の家並の先に顔を出していた。富ヶ岡八幡宮の門前通りを、淡い蜜柑《みかん》色《いろ》の朝陽が照らしている。

門前通りには、ちらほら人影があった。朝の早い参詣客が、姿を見せ始めたのである。

「孫六、平太と、おすみを春日屋に連れていってくれんか」

源九郎が孫六に声をかけた。

「かまわねえが、旦那たちは？」

孫六が訊いた。

「清水を討つつもりだ」

源九郎は、清水を討つなら今日のうちだと思った。明日になれば、清水は遊喜楼が町方に踏み込まれ、勘兵衛以下が捕らえられたことを知るはずだ。おそらく、清水は黒江町の隠れ家から姿を消すだろう。

「分かりやした。あっしと平太とで、おすみを春日屋へとどけやしょう」

孫六が言った。

「そうしてくれ」

源九郎は茂次とふたりで清水を討ちに行くつもりだったが、話を聞いた菅井が、

「おれも行く」

と、言いだした。

すると、三太郎も、あっしもお供しやす、と言って、源九郎のそばに歩み寄った。

源九郎は、四人もで行くことはないと思ったが、苦笑いを浮かべただけで何も言わなかった。

源九郎は、村上に清水を討つために黒江町にむかうことを話すと、

「華町、無理をするなよ」

と、源九郎に目をむけて言った。村上も、清水が遣い手であることを知っているのだ。

「なに、わしらは大勢だ」

そう言い置いて、源九郎は踵《きびす》を返した。

四

「こっちですぜ」

茂次が先にたった。

そこは、黒江町の裏路地だった。小体《こてい》な店や借家ふうの仕舞屋《しもたや》などが、路地沿いにつづいている。

掘割に突き当たると、茂次は掘割沿いの路地を右手にむかった。寂しい路地で、空き地や笹藪《ささやぶ》などが目についた。人影はすくなく、ときおり物売りや近所の長屋に住む女房らしい女などが通りかかるだけである。

茂次は笹藪の脇に足をとめると、

「そこの家が、やつの塒《ねぐら》でさァ」

と言って、三十間ほど先にある仕舞屋を指差した。妾宅ふうのこぢんまりした家である。

「清水はいるかな」

源九郎は、いなければ出直すしかないと思っていた。

「あっしが見てきやしょう」

そう言い残し、茂次は小走りに仕舞屋にむかった。

源九郎たちは笹藪の陰に身を隠し、茂次がもどるのを待った。

いっときすると、茂次がもどってきた。

「清水はいやすぜ」

すぐに、茂次が言った。

茂次によると、家の前まで行き、戸口に身を寄せて聞き耳をたてると、家のなかから男と女の声が聞こえたそうだ。男は武家言葉を遣ったので、清水にまちがいないという。

「いっしょにいるのは、おかよという女だな」

源九郎は、清水がおかよという妾をかこっていると茂次から聞いていたのだ。

「おかよは、どうしやす」

茂次が訊いた。

「騒ぎたてなければ、放っておいてもいいだろう。……女に罪はあるまい」

源九郎は、おかよまで捕らえることはないと思っていた。

「いくか」

源九郎が菅井に目をむけて言った。

菅井は無言でうなずいた。細い目が、うすくひかっている。菅井も高揚しているようである。

源九郎と菅井は、仕舞屋の戸口にむかった。茂次と三太郎は、すこし間を置いて後につづいた。

源九郎は仕舞屋の戸口まで行くと、「入るぞ」と菅井に声をかけてから引き戸をあけた。

土間の先が座敷になっていた。なかほどに、大柄な武士が胡座《あぐら》をかき、茶を飲んでいた。清水である。女の姿はなかった。奥の座敷にいるのだろう。

「華町と菅井か」

清水は土間にいる源九郎と菅井に鋭い目をむけた。

「勘兵衛は捕らえたぞ」

源九郎が低い声で言った。

「なに!」

清水が驚いたような顔をした。

「依田と黒川も、わしらが討ちとった」

「おぬしは、初めに会ったときに斬っておけばよかった」

そう言って、清水は立ち上がると、脇に置いてあった大刀を手にし、

「菅井とふたりで、おれを斬りにきたのか」

と、源九郎と菅井を見すえて訊いた。

「おぬしの相手は、わしだ。……菅井は検分役だが、わしが後れをとったら、おぬしを斬るだろうな」

「いいだろう。相手をしてやる」

「ここでやるか。それとも、表に出るか」

源九郎が訊いた。

「表でやろう」

清水は土間の方へ足をむけた。

すぐに、源九郎と菅井は敷居を跨《また》いで外に出た。家の前の路地は立ち合いには狭過ぎたので、脇の空き地で源九郎は清水と対峙《たいじ》した。

空き地は雑草におおわれていたが、丈の高い草や足の絡まる蔓草《つるくさ》はなかったので、足場としては悪くない。

菅井は空き地の隅に立っていた。茂次と三太郎は、家の戸口近くに身を隠している。

源九郎と清水の間合は、およそ四間半——。ふたりは、まだ抜刀していなかった。

「清水、おぬしほどの腕がありながら、なにゆえ、金ずくで人を斬るようになった」

源九郎が訊いた。

「御家人の冷や飯食いでは、剣など身につけても食っていけんからな。……おぬしらも、似たようなものではないか。金ずくで、おれたちを斬ろうとしているのだからな」

清水は、ゆっくりとした動作で刀を抜いた。

「そうかもしれんな」

源九郎も刀を抜いた。

源九郎は青眼に構え、清水は八相にとった、ふたりの構えは、以前立ち合ったときと同じである。

ふたりはいっとき、青眼と八相に構えたまま動かなかった。お互いが、敵の構えからどう攻撃してくるか読んでいたのである。

「いくぞ!」

先に、清水が動いた。

清水の足元で、ザッ、ザッ、と雑草を分ける音がした。爪先で雑草を分けながら間合をつめてくる。

清水の八相の構えはその大柄な体とあいまって、巨岩が迫ってくるような威圧感といまにも斬り込んでくるような気配があった。おそらく、清水は八相から袈裟に斬り込んでくるだろう。

源九郎は動かなかった。気を静めて、清水との間合と斬撃の起こりを読んでいる。

……迂闊《うかつ》に受けられぬ。

と、源九郎はみていた。

清水の八相から袈裟への斬撃は、膂力《りょりょく》のこもった強いもので、まともに受けると腰がくずれるのだ。源九郎は一度清水の袈裟への斬撃を受けていたので、その強い斬撃を承知していた。

ザッ、ザッ、という雑草を分ける音が、大きくなってきた。清水との間合がせばまっている。

……受け流すしかない！

と、源九郎は思った。

清水の袈裟への斬撃を受け流し、その威力をやわらげるのである。

ふいに、清水の寄り身がとまった。一足一刀の斬撃の間境の一歩手前である。

清水の全身に気勢が漲《みなぎ》り、斬撃の気配が高まった。清水は、この間合から斬り込んでくるはずだ。

……くる！

源九郎が察知した瞬間、清水の全身に斬撃の気がはしった。

咄嗟《とっさ》に、源九郎はわずかに右手に体《たい》を寄せた。

刹那《せつな》、裂帛《れっぱく》の気合と同時に、清水の体が躍った。

八相から袈裟へ——。刃唸《はうな》りをたてて、清水の斬撃が源九郎を襲う。

瞬間、源九郎は刀身を撥《は》ね上げ、わずかに刀身を寝かせた。シャッ、という刀身の擦れる音がし、青火が斜《はす》にはしった。源九郎が清水の斬撃を受け流したのである。

間髪をいれず、ふたりは二の太刀をはなった。

源九郎は一歩身を引きながら、鋭く刀身を横に払った。清水は刀身を振り上げざま、連続して袈裟へ——。

二筋の刃光が、横と袈裟にはしった。

ザクリ、と清水の右袖が裂け、あらわになった二の腕から血が噴いた。源九郎の切っ先が、とらえたのである。

一方、清水の切っ先は、源九郎の肩先をかすめて空を切った。源九郎が清水の初太刀を受け流したため、二の太刀がわずかに右手に寄り、源九郎をとらえられなかったのだ。

ふたりは大きく背後に跳んで間合をとると、ふたたび八相と青眼に構え合った。

清水の顔が苦痛にゆがみ、八相に構えた刀身が小刻みに震えていた。清水の右腕からの出血は激しく、見る間に袖を赤く染めていく。

「清水、勝負あったな」

源九郎が清水を見すえて言った。

「まだだ！」

すぐに、清水が動いた。

ザザザッ、と清水の足元で雑草が音をたてた。清水が、摺《す》り足で一気に間合をせばめてきた。

……相撃ち覚悟だ！

源九郎は、清水が捨て身になって斬り込んでくるのを察知した。

咄嗟に、源九郎は両足の踵《かかと》をわずかに上げた。一瞬でも迅《はや》く、右手に体を寄せようとしたのである。

イヤアッ！

凄《すさ》まじい気合を発し、清水が斬り込んできた。

八相から袈裟へ――。

体ごとぶつかってくるような踏み込みと、膂力のこもった剛剣が源九郎を襲う。

刹那、源九郎は右手に体を寄せざま刀身を撥ね上げ、わずかに刀身を寝かせた。

シャッ、という刀身の擦れる音がし、青火が散った瞬間、清水の体が前によろめいた。源九郎に斬撃を受け流され、体の重心が前にかかり過ぎたのだ。

源九郎は反転しざま、前に泳ぐ清水の斜め後ろから斬り込んだ。一瞬の体捌きである。

源九郎の切っ先が、清水の首をとらえた。次の瞬間、清水の首が横にかしぎ、首筋から血が驟雨《しゅうう》のように飛び散った。

清水は血を撒《ま》きながらよろめいたが、雑草に足をとられて前のめりに転倒した。

雑草のなかに俯《うつぶ》せになった清水は、もがくように手足を動かしていたが、いっときすると動かなくなった。首筋から流れ出た血が雑草を揺らし、カサカサと音をたてている。

源九郎は清水の脇に身を寄せ、ひとつ大きく息を吐いてから、

「終わった……」

と、つぶやいた。

そこへ、菅井が歩を寄せ、茂次と三太郎も駆け寄ってきた。

「華町、みごとだ」

菅井が目をひからせて言った。菅井の気も昂っているらしく、顔がいくぶん紅潮している。

源九郎はその場に屈むと、清水の袖で刀身の血を拭って納刀した。

そのとき、仕舞屋の戸口近くで、

「おまえさん、どうしたの」

と、女の声が聞こえた。

「旦那、おかよですぜ」

茂次が振り返って言った。

「このまま帰ろう」

源九郎は路地の方に歩きだした。菅井たちも後につづいた。

歩きながら戸口に目をやると、立っている女の姿が見えた。不審そうな顔をして、源九郎たちに目をむけている。

……清水とは、別れた方がよかったのだ。

源九郎は胸の内でつぶやいた。

五

軒先から落ちる雨垂れの音が、絶え間なく聞こえていた。

源九郎は菅井と将棋を指していた。将棋盤の脇には、空の飯櫃《めしびつ》が置いてあった。菅井が飯櫃に入れて握りめしを持ってきたのだが、食べてしまったのである。

今日は朝から雨だった。さっそく、菅井が将棋盤と握りめしの入った飯櫃を手にして源九郎の家にやってきたのだ。

「ああ……」

源九郎は両手を伸ばして欠伸《あくび》をした。

ふたりで将棋を始めて半刻（一時間）ほどだったが、肩が凝ったのである。

「華町、おまえの番だぞ」

菅井が将棋盤を睨《にら》みながら言った。

「そうだったな」

源九郎は、桂《けい》馬を進めた。角取りである。

「桂馬できたか」

菅井は、指先でとがった顎を撫《な》でながら考え込んでいる。

……飛車で桂馬をとれば、いいのだ。

と源九郎は思ったが、何も言わなかった。

そのとき、戸口に近付いてくる下駄《げた》の音がした。ふたりらしい。

「旦那、いやすか」

茂次の声がした。

「茂次か、入れ」

源九郎が声をかけると、戸口で下駄の歯についた泥を落とす音がし、腰高障子があいて茂次と孫六が入ってきた。

「孫六もいっしょか」

「へい」

孫六が照れたような顔をし、濡れた傘を土間の脇に置いた。

「上がらせてもらいやすぜ」

茂次が言い、座敷に上がった。

孫六もつづき、将棋盤の両脇にふたりして胡座をかいた。

「何か用か」

菅井が将棋盤を睨みながら訊いた。

「用ってこたァねえが、今朝は朝から雨だ。ふたりで将棋を指しているとみて、覗《のぞ》きに来たんでさァ」

茂次が言った。

「おまえたちも、暇だな」

菅井もそうだが、茂次も雨の日は研師の仕事に出られず、暇を持て余しているのだ。孫六も、狭い長屋の家で孫や娘夫婦と顔を突き合わせているのに飽きたのだろう。

茂次と孫六はいっとき将棋盤を見ていたが、

「旦那、勘兵衛たちのことを聞いてやすか」

と、孫六が言った。

「いや、これといった話は聞いてないぞ」

源九郎たちが、勘兵衛たちを捕らえて一月近く経っていた。勘兵衛や主だった子分たちは、南茅場町《みなみかやばちょう》の大番屋の仮牢に入れられ、南町奉行所の与力の吟味を受けているはずである。

「あっしは、昨日、栄造と会っていろいろ聞いたんでさァ」

孫六によると、浅草諏訪町に出かけ、勝栄に寄って栄造から勘兵衛たちの吟味について聞いたという。

「それで」

源九郎が話の先をうながした。

「勘兵衛や権蔵たちも、口を割ったそうですぜ」

孫六が栄造から聞いた話をしゃべった。

捕らえられてからしばらく、勘兵衛、権蔵、駒五郎は、何を訊いても口をひらかなかったという。ところが、吟味方の与力が拷問を匂わせると、いっしょに捕らえられた寅六や重造たちが口を割り、それを知った勘兵衛たちも観念して話すようになったそうだ。

「勘兵衛たちは、これまでの悪事を白状したそうですぜ」

孫六が言った。

「まァ、隠しても隠しきれんだろうがな」

源九郎は、遊喜楼の奉公人、賭場の三下《さんした》たち、それにおすみや吉之助も町方に包み隠さず話したと聞いていた。勘兵衛や権蔵たちが、しらを切っても隠し通せないだろう。

「……此度《こたび》の件は、五平の影がつきまとっていたな」

源九郎が言った。

「勘兵衛は、五平と同じように深川を仕切ろうと思ったのかもしれやせんぜ」

と、孫六。

「そうだな」

源九郎も、勘兵衛の胸の内には、いつも五平のことがあったのではないかと思った。

「それで、勘兵衛や権蔵たちは、どうなるのだ」

菅井が訊いた。菅井は将棋盤を見つめていたが、源九郎たちの話は耳に入っていたようだ。

「勘兵衛、権蔵、駒五郎の三人は、まちがいなく死罪だと言ってやしたぜ。それに、寅六と重造も……」

孫六が言った。

「仕方ないな」

源九郎は、弥助を殺された稲吉とおくらも、いくらか心が晴れるかもしれない、と思った。

「華町、王手飛車取りだ」

ふいに、菅井が言った。ニンマリしている。

「うむ……」

なるほど、王手飛車取りの妙手だった。もっとも、源九郎の関心は将棋から離れ、いい加減に指していたのだから、妙手とは言えないかもしれない。

「飛車などくれてやる」

仕方無く、源九郎は王を逃がした。

「旦那たちは、磯次とおきくのことを知ってやすかい」

今度は、茂次が身を乗り出すようにして言った。

「ふたりが、所帯を持つという話か」

一昨日《おとつい》、磯次とおきくが源九郎のところに来て、ふたりが所帯を持つことを話していった。そのさい、磯次は源九郎に、二度と悪事には手を出さないことを誓ったのだ。

「へい、ふたりは、長屋の磯次のところに住むそうですぜ」

「そうか」

源九郎は、ふたりはいい夫婦になるだろうと思った。

「お梅に、磯次とおきくがいっしょになることを話したら、あたしも、おまえさんといっしょになれて良かったなんて、ぬかしゃァがって……。昨夜《ゆうべ》は、一本つけてくれたんでさァ」

茂次がニヤニヤしながら言った。

「お梅がな」

源九郎が、昨夜のお梅と茂次のことを思い浮かべたとき、ふたりの閨《ねや》の光景が脳裏をよぎった。お梅と茂次のことだけではなかった。どういうわけか、若い磯次とおきくの夜のことまで浮かんできたのだ。

……しばらく、お吟の顔を見てないせいだな。

源九郎は胸の内でつぶやいた。

そのとき、菅井が急に源九郎に顔をむけ、

「華町、おまえの番だ。おまえの」

と、声を大きくして言った。

「急に、おまえの番だと言われてもな。この歳だし、いまから所帯を持つには、どうも――」

源九郎が顔を赤らめて言った。

「な、何を言ってるんだ。将棋だよ。将棋」

菅井が呆《あき》れたような顔をして言った。

「将棋か」

源九郎は何も考えず、菅井の王の前に金を打った。

「なんだ、この金は――。ただではないか」

「金などくれてやる」

そう言って、源九郎は頬を手でたたいた。頭に浮かんだ卑猥《ひわい》な光景を掻《か》き消そうとしたのである。

双葉文庫

と-12-41

はぐれ長屋《ながや》の用心棒《ようじんぼう》

磯次《いそじ》の改心《かいしん》

2014年12月14日　第1刷発行
2019年7月9日　第2刷発行

【著者】
鳥羽亮《とばりょう》

【発行者】
箕浦克史
【発行所】
株式会社双葉社
〒162-8540 東京都新宿区東五軒町3番28号
［電話］03-5261-4818（営業）　03-5261-4833（編集）
www.futabasha.co.jp
（双葉社の書籍・コミックが買えます）
【印刷所】
株式会社新藤慶昌堂
【製本所】
株式会社若林製本工場

【表紙・扉絵】南伸坊
【フォーマット・デザイン】日下潤一
【フォーマットデジタル印字】飯塚隆士

落丁・乱丁の場合は送料双葉社負担でお取り替えいたします。
「製作部」宛にお送りください。
ただし、古書店で購入したものについてはお取り替えできません。
［電話］03-5261-4822（製作部）

ISBN978-4-575-66699-1 C0193
Printed in Japan

鳥羽亮

華町源九郎江戸暦

はぐれ長屋の用心棒

長編時代小説〈書き下ろし〉

気儘な長屋暮らしに降ってわいた五千石のお家騒動。鏡新明智流の遣い手ながら、老いを感じ始めた中年武士の矜持を描く。シリーズ第一弾。

鳥羽亮

はぐれ長屋の用心棒

袖返し

長編時代小説〈書き下ろし〉

料理茶屋に遊んだ旗本が、若い女に起請文と艶書を掏られた。真相解明に乗り出した華町源九郎が闇に潜む敵を暴く!! シリーズ第二弾。

鳥羽亮

はぐれ長屋の用心棒

紋太夫の恋

長編時代小説〈書き下ろし〉

田宮流居合の達人、菅井紋太夫を訪ねてきた子連れの女。三人の凶漢の魔手から母子を守るため、人情長屋の住人が大活躍。シリーズ第三弾。

鳥羽亮

はぐれ長屋の用心棒

子《こ》盗《と》ろ

長編時代小説〈書き下ろし〉

長屋の四つになる男の子が忽然と消えた。江戸では幼い子供達がいなくなる事件が続発。神隠しか、かどわかしか？ シリーズ第四弾。

鳥羽亮

はぐれ長屋の用心棒

深川袖しぐれ

長編時代小説〈書き下ろし〉

幼馴染みの女がならず者に連れ去られた。下手人糾明に乗り出した源九郎たちの前に立ちはだかる、闇社会を牛耳る大悪党。シリーズ第五弾。

鳥羽亮

はぐれ長屋の用心棒

迷い鶴

長編時代小説〈書き下ろし〉

源九郎は武士にかどわかされかけた娘を助けた。過去の記憶も名前も思い出せない娘を襲う玄宗流の凶刃！ シリーズ第六弾。

鳥羽亮

はぐれ長屋の用心棒

黒衣の刺客

長編時代小説〈書き下ろし〉

源九郎が密かに思いを寄せているお吟に、妾にならないかと迫る男が現れた。そんな折、長屋に住む大工の房吉が殺される。シリーズ第七弾。

鳥羽亮

はぐれ長屋の用心棒

おっかあ

長編時代小説〈書き下ろし〉

伊達気取りの若い衆の仲間に、はぐれ長屋の仙吉が入ってしまった。この若衆が大店に強請りをするようになる。どうやら黒幕がいるらしい。

鳥羽亮

はぐれ長屋の用心棒

八万石の風来坊

長編時代小説〈書き下ろし〉

青山京四郎と名乗る若い武士がはぐれ長屋に越してきた。長屋の娘たちは京四郎に夢中になるが、ある日、彼を狙う刺客が現れ……。

鳥羽亮

はぐれ長屋の用心棒

風来坊の花嫁

長編時代小説〈書き下ろし〉

思いがけず、田上藩八万石の剣術指南に迎えられた華町源九郎と菅井紋太夫に、迅剛流霞剣の魔の手が迫る！　好評シリーズ第十七弾。

鳥羽亮

はぐれ長屋の用心棒

はやり風邪

長編時代小説〈書き下ろし〉

流行風邪が江戸の町を襲い、おののくはぐれ長屋の住人たち。そんな折、大工の棟梁の息子が殺され、源九郎に下手人捜しの依頼が舞い込む。

鳥羽亮

はぐれ長屋の用心棒

秘剣霞颪《かすみおろし》

長編時代小説〈書き下ろし〉

大川端で三人の刺客に襲われていた御目付を助けた華町源九郎と菅井紋太夫は、刺客を探し出し、討ち取って欲しいと依頼される。

鳥羽亮

はぐれ長屋の用心棒

きまぐれ藤四郎

長編時代小説〈書き下ろし〉

長屋の住人の吾作が強盗に殺された。残された娘のおしのは、華町源九郎や新しく用心棒仲間に加わった島田藤四郎に、敵討ちを依頼する。

鳥羽亮

はぐれ長屋の用心棒

おしかけた姫君

長編時代小説〈書き下ろし〉

家督騒動で身の危険を感じた旗本の娘が、島田藤四郎の元へ身を寄せてきた。華町源九郎は騒動の主犯を突き止めて欲しいと依頼される。

鳥羽亮

はぐれ長屋の用心棒
疾風《はやて》の河岸《かし》

長編時代小説〈書き下ろし〉

鬼面党と呼ばれる全身黒ずくめの五人組が、大店に押し入り大金を奪い、家の者を斬殺した。華町源九郎らは材木商から用心棒に雇われる。

鳥羽亮

はぐれ長屋の用心棒
剣術長屋

長編時代小説〈書き下ろし〉

はぐれ長屋に住んでいた島田藤四郎が剣術道場を開いたが、門弟が次々と襲われる。敵の狙いは何か？　源九郎らが真相究明に立ちあがる。

鳥羽亮

はぐれ長屋の用心棒
怒り一閃

長編時代小説〈書き下ろし〉

陸奥松浦藩の剣術指南をすることとなった、華町源九郎と菅井紋太夫を襲う謎の牢人たち。ついに紋太夫を師と仰ぐ若い藩士まで殺される。

鳥羽亮

はぐれ長屋の用心棒
すっとび平太

長編時代小説〈書き下ろし〉

華町源九郎たち行きつけの飲み屋で客二人と賄いのお峰が惨殺された。下手人探索が進むにつれ、闇の世界を牛耳る大悪党が浮上する！

鳥羽亮

はぐれ長屋の用心棒
老骨秘剣

長編時代小説〈書き下ろし〉

老武士と娘を助けたのを機に、出奔した者を上意討ちする助太刀を頼まれた華町源九郎と菅井紋太夫。東燕流の秘剣〝鍔鳴り〟が悪を斬る！

鳥羽亮

はぐれ長屋の用心棒
うつけ奇剣

長編時代小説〈書き下ろし〉

何者かに襲われている神谷道場の者たちを助けた華町源九郎と菅井紋太夫。道場主の妻に亡妻の面影を見た紋太夫は、力になろうとする。

鳥羽亮

はぐれ長屋の用心棒
銀簪《ぎんかんざし》の絆

長編時代小説〈書き下ろし〉

大店狙いの強盗「聖天一味」の魔の手を恐れた長屋の家主「三崎屋」が華町源九郎たちに店の警備を頼んできた。三崎屋を凶賊から守れるか。